평일도 인생이니까

주말만 기다리지 않는 삶을 위해

평일도 인생이니까

김신지 에세이

알에이치코리아

덜 애쓰고
더 만족하는 하루

오키나와 노인들의 장수 비결은 80퍼센트만 먹고 80퍼센트만 최선을 다하는 거라는 말을 들은 적이 있다. 그 말인즉슨, 지금부터 덜 먹고 덜 애써야 할머니가 될 수 있다 는 것이다. 그토록 중요한 사실을 아무도 알려 준 적 없었다. 나는 할머니가 되고 싶은데.

그동안 내 수명을 깎아 먹는 방식으로 살아온 것만 같아 억울할 정도다.

20대를 떠올리면 노오란 햇빛이 들어오는 작은 방이 떠 오른다. 당시 나는 고향에서 올라와 삼촌 집에 얹혀살며 통학을 하고 있었다. 안양에 있는 삼촌 집에서 서울에 있는 학교까지는 꽤 시간이 걸렸다. 수업이나 아르바이트를 마치고 일찍 돌아온 날이면 피로에 지쳐 개어 놓은 이불 위에 그대로 쓰러지곤 했다. 열심히 사는 것밖에는 할 수 있는 게 없어 열심히 살지만, 그 외의 것들은 어떻게 해야 좋을지 알 수가 없었다. 이불에 쓰러져 선잠을 자다가도, 현관문 앞에서 삼촌의 열쇠가 달그락거리는 소리가 들리면 화들짝 놀라 일어났다. 열쇠 소리에 퉁겨 오르는 용수철처럼 매번 그랬다. 안 잔 척, 아무렇지 않은 척, 얼굴에 남아 있는 졸음의 흔적을 마른세수로 지우며 거실에 나가 인사했다.

낮잠을 자는 건 해가 중천에 떠 있는 낮 시간을 낭비하는 일 같았다. 새벽에 나가 밤이 이슥해서야 들어오는 부모를 두고, 부모에게 은혜를 갚듯 나를 기꺼이 거둬 준 삼촌을 두고, 내가 그리 살아서는 안 된다고 생각했다. 삼촌은 나를 단 한 번도 나무란 적 없는데. 열심히든 부지런히든 어떻게 살라고 말한 적조차 없는데. 그럼에도 나는 열심히 살아야 했다. 그래야만 하는 사람이었다.

내가 더 이상 낮잠에 죄책감을 가지지 않게 된 것은, 집안 사정이 나아지고 스스로 돈을 벌게 된 이후의 일이다.

그러니 잘 모르겠다. 그 시절의 나에게 오키나와 할머니의 장수 비결을 들려주었다면 그렇게까지 무리하지 않을 수 있었을까? 스물한두 살이던 그때, 지금처럼 인생을 열심히 살지 않아도 괜찮다는 유의 책이 쏟아져 나왔다면 좀 더 느슨한 태도를 가질 수 있었을까? 아마 그러지 못했을 것이다. 그때는 뭐라도 열심히 했어야 했으니까. 열심히 사는 것만이 죄책감을 느끼지 않을 수 있는 유일한 길이었으니까.

지금의 내가 '덜 열심히' 살 수 있게 된 것이 그저 나이를 먹어서인지, 스스로를 먹여 살릴 수 있을 만큼 여유가 생겼기 때문인지, 글을 쓸 때 부러 더 느슨해서 매력적인 사람인 척하려는 허영 때문인지 모르겠다. 어쩌면 그 전부일 수도 있고 아닐 수도 있겠지.

서른 이후 나는 속으로 자주 중얼거려 왔다.

그래, 그렇게 되면 참 좋겠지.

하지만 너무 애쓰지는 말자.

이 모든 건 결국 내가 조금 더 행복해지려고 하는 일들이야.

애먼 데 애쓰다 나를 놓치지 않기 위해, 자주 그렇게 되뇌어야 했다.

열심을 덜어 낸 자리에서 자주 물었다. 애매한 재능을 어디까지 믿을 수 있을까? 무난하고 야망 없는 사람으로 살아도 되는 걸까? 좋아하는 일을 해도 괴로운 건 왜일까? 그러지 않으려고 애쓰는데도 왜 자꾸 남의 삶이 부러워질까? 내가 나여도, 정말 괜찮은 걸까?

질문이 너무 크거나 멀어 보일 때면 발밑을 본다. 오늘의 인생을 잘 살아 내기 위해서. 어떻게든 '나'라는 사람을 데리고 일상을 잘 건너고 싶어서 여전히 연습 중이다. 무난한 재능으로도 하고 싶은 일을 계속 해 나가는 방법을, 주말만 기다리는 대신 평일의 고단함 속에서도 즐거움을 찾는 방법을, 덜 애쓰고 더 만족하는 하루를 사는 방법을 조금씩 익혀 가고 있다.

"여러분은 인생의 편도 티켓을 쥐고 있는 셈이에요.
인생을 허비하지 마세요."

호스피스 병동에 머문 환자들의 사진과 글로 이루어진 전시 〈있는 것은 아름답다 Right, Before I Die〉에서 마주친 말이다. 어떤 열심은 인생을 허비하게 만든다. 내가 바라는 것은 이제, 그런 열심과 아닌 열심을 구분할 줄 아는 지혜이다.

무작정 열심히 살라는 말에 지치지만,
다 괜찮다는 말에도 전혀 괜찮지 않기 때문에.
진짜 대답은, 내가 찾아 스스로에게 해 주는 수밖에 없다.
다른 누구도 아닌 내 마음에 드는 인생을 살기 위해서.

사는 일이 어려워 누구라도 붙잡고 얘기 나누고 싶은데
그럴 수 없을 때마다 글을 썼다. 여기 실린 글들은 미처 대
화가 되지 못한 흔적인지도. 한 권의 책을 펴내는 일이 부디
대화의 시작이 된다면 좋겠다.

2020년 봄
김신지

차 례

Part 1. 내 마음에 드는 인생

Part 2. 평일도 인생이니까

Part 3. 두 번 해도 좋을 것들

Part 4. 잘 외로워지는 연습

Part 1

내 마음에 드는
인생

"모든 일은 다 네 마음에 달려 있다."

그건 성장기의 청소년을 정말 복장 터지게 하는

소리였다.

어느 날 스트레스가
전화를 걸어온다면

      매일 아침 일어나 옷장에서 행복한 나와 불행한 나 중 하나를 골라 옷처럼 입고 나갈 수 있다면, 후자를 선택할 사람은 없을 것이다. 그걸 알면서도, 오늘 하루의 나를 잘 선택하기란 어려운 일이다. 분명히 오늘은 집에서 행복한 나를 입고 나온 것 같은데, 왜 나는 매번 불행한 나와 함께 회사에 도착하는 걸까. 눈앞에서 떠나 버린 버스나 지나가던 오토바이가 물웅덩이를 밟으며 날린 물세례, 분명 빨아서 입었는데도 가슴팍에 남아 있는 안주 얼룩. 내 기분을 다운시킬 요소는 세상에 차고 넘친다.

    세상이 협조적인 날엔 뇌가 비협조적이다. 하루는 선택의 연속인데 인생에 짬짜면 같은 선택은 흔치 않아서 무언가를 결정하기란 늘 어렵고 하나를 선택하면 꼭 후회가 뒤

따른다. 아이스 라테를 시키고 나면 "아, 그냥 아메리카노 먹을걸" 싶어지고, 아까 회의에서 그런 말은 괜히 했나 싶어 혼자서 같은 장면을 자꾸 되감기한다. 이러니 옷장에 '행복한 나'가 열 벌 있으면 뭘 하나.

〈효리네 민박〉에서 효리 언니는 이렇게 말했었다.

"제주도처럼 공기 좋은 데서 사나 서울에서 사나……. 제주도에서도 마음이 지옥 같은 사람 많아. 서울에서도 얼마나 즐기며 사는 사람이 많니. 어디에 사느냐, 어떻게 사느냐가 중요한 게 아니라 내가 지금 있는 자리 그대로 그냥 너무 좋다, 만족하면 되는 거야."

맞다. 결국 모든 것은 '마음의 문제'다. 방송을 보며 이 말에 무릎을 치던 나는 기시감을 느꼈는데, 그건 사실 우리 엄마 윤인숙 여사가 늘 하던 말이어서였다. 윤인숙 여사로 말할 것 같으면, 걸어 다니는 보살 같은 말을 하는 게 특기인데 어려서부터 내가 귀에 못이 박히도록 들은 얘기는 어느 잠언집을 펼쳐도 나올 법한 말들이었다.

"모든 일은 다 네 마음에 달려 있다." "네가 지금 괴롭고 힘든 건 마음의 문제다.""생각을 바꿔 봐라."

그건 성장기의 청소년을 정말 복장 터지게 하는 소리였다. 아니, 누가 그걸 몰라서 못 하나. 그리고 안다고 그대로 하면 내가 애가 아니라 어른이게(물론 지금은 안다. 그건 어른도 어렵다는 걸).

한겨울에 집에 들어서며 날씨가 너무 춥다고 하면,
"안 춥다, 안 춥다 하면 안 추운기라."
(아니, 내가 춥다는데!)
힘들게 번 돈 왜 또 남한테 빌려줬냐고 싫은 소리를 하면,
"내가 살아 보니까 주는 게 주는 게 아이라."
(줬으면서! 주기만 하면서!)

그중 가장 히트는 스트레스에 대한 명언이었다. 어느 날 퇴근길의 버스에서 인숙 씨의 전화를 받았다.
"딸, 어디."
"버스. 인제 집에 가."
"아홉 시 넘었는데 인제 퇴근했나?"
"어. 야근했어."

"목소리에 기운이 없네."

"저녁도 못 먹었어. 요새 일이 너무 많아. 아, 스트레스 받아…."

"어마야, 니 스트레스를 왜 받나. 그거 안 받을라 하믄 안 받제."

"……."

아니 무슨 스트레스가 전화인가. 안 받을라 하믄 안 받게.

역시 걱정해 주려고 전화해서 사람 속 터지게 하는 만국 엄마들의 화법이 있는가 보다.

언젠가 《여자 둘이 살고 있습니다》를 쓴 김하나, 황선우 작가님과 술을 마시는 자리에서 이 에피소드가 나왔는데 그때 작가님들은 웃다가 의자 뒤로 넘어갈 뻔했다. 우리는 그 술자리가 끝나기까지 누군가가 힘든 얘길 꺼낼라치면 유행어처럼 그 말을 반복했다. 어마야, 니 스트레스를 왜 받나. 그거 안 받을라 하믄 안 받제. 바보맹키로…….

그런데 이상하게도 그날 이후, 나는 '스트레스'라는 단어에 이상하게 반응하는 사람이 되어 버렸다. 병원 진찰실에 앉아 "원인이 뭘까요?" 물었더니 의사 선생님이 "요새 스트레스 좀 받으셨죠?"라는 하나마나한 답을 줄 때, 갑자기 내 눈에만 보이는 인숙 씨가 램프의 요정 지니처럼 나타나 말하는 것이다. "어마야, 니 스트레스를 왜 받나. 그거 안 받을라 하믄 안 받제."

사내 카페에서 동료와 얘길 하다 퇴근 시간에 자꾸 일을 주는 클라이언트 때문에 스트레스라는 말이 나오면 인숙 씨는 어김없이 등장한다. "어마야, 니 스트레스를 왜 받나. 그거 안 받을라 하믄 안 받제." 이 타이밍에 웃음을 터뜨렸다가는 도무지 수습 불가겠다 싶을 정도로 자꾸만 등장하는 윤 여사. 램프의 요정.

그러니 이 모든 건 결국 마음의 문제다.
스트레스가 전화를 걸어오면 나는 그냥 안 받을란다.

애초에 무를 썰려고 칼을 뽑는 사람도 있는 법이다.

왜 자꾸 무'라도' 썰라고 하는 건지.

그놈의 빅 픽처,
나란 놈은 스몰 픽처

"여러분은 5년 뒤, 10년 뒤를 그려 본 적 있습니까?"

스무 살 무렵, 수업 중에 교수님이 그런 말을 했다. 봄볕에 맥없이 꾸벅꾸벅 졸고 있는 우리가 한심했는지, 안경 너머로 강의실을 굽어보는 교수님 눈빛에 한숨이 실려 있었다. 교수님의 말은 이랬다.

흔히 사람들은 근시안적으로 다음 주 계획, 다음 달 계획, 내년 계획 정도나 열심히 세우지만, 사실 성공하려면 5년 뒤, 10년 뒤를 내다보며 인생의 큰 그림을 그려야 하는 법이라고. 그렇게 먼 미래를 그려 본 사람과 그렇지 않은 사람의 차이는 10년 뒤에 정말 크게 벌어진다고.

그땐 무슨 말에든 "아, 그렇구나…" 하고 고개 끄덕이는 시기였기 때문에, 그 말을 듣자 왠지 모를 초조함이 밀려왔다. 하여 근시안적으로 남은 수업을 듣는 대신, 당장 노트에 미래 계획을 써 보기로 했다. 그러니까 10년 뒤라……. 10년 뒤……. 아니, 일단 5년부터 시작하자. 5년 뒤에 나는……. 노트를 아무리 들여다보아도 애꿎은 동그라미만 그릴 뿐, 도무지 무엇을 계획해야 할지 알 수가 없었다.

당장 내일 무슨 일이 일어날지도 모르겠는데 5년 뒤를 짐작해 본다는 게 가능한 건가? 계획하면 또 계획한 대로 되나? 내가 할 수 있는 건 고작 나이 덧셈이 전부였다. 5년 뒤엔 스물다섯, 10년 뒤엔 서른이 되어 있겠지, 그런 식으로. 그 외에 내가 무엇을 더 그려 볼 수 있었을까?

그 후로도 삶은 이어졌고, 한 살 두 살 나이를 먹을 때마다 책의 목차 같은 말들이 나타났다.

인생의 큰 그림을 그려라!
네가 상상할 수 있는 가장 큰 꿈을 꾸어라!
부단한 자기계발을 통해 성장해라!
어제보다 나은 오늘을 살아라!

세상이 통째로 자기계발서가 된 것 같았다. 그런 말을 들을 때마다 어쩐지 내가 잘못 살고 있는 듯한 기분이 들었다. 듣기 전까지는 멀쩡했었는데. 멀쩡한 사람을 이상하게 만든다면, 저런 말들이야말로 어딘가 이상한 게 아닐까? 의구심이 들었다.

성장판 닫힌 지도 오랜데 언제까지 성장하라는 건지 모르겠고, 그런 식이라면 사람은 죽을 때까지 성장하다 최고의 자신으로 죽겠네. 그것 참 근사하네……. 꼬인 채로 좀 생각해 보자니, 사람들이 실은 세상에 없는 것을 자꾸 있다고 하는 게 아닐까 싶어졌다. 말이야 멋지고 거창하지만, '인생을 걸고 완성할 큰 그림'이라는 게 정말 있는 걸까?

물론 빅 픽처가 긍정적으로 작용하는 경우도 있을 것이다. 하지만 그러기에 나는 너무 야망 없는 인간이다. 야망이라는 말만 들어도 피곤해진다. 삶을 전략적으로 보고 원대한 목표와 체계적 계획을 세우는 사람을 보면 '와, 대단하다…' 여기면서 돗자리에 눕고 싶어지는 게 나다. 경쟁은 질색이라 술자리 게임이나 내기도 싫어한다. 이기려고 눈치 보고 졌다고 아까워하기보다 그냥 별것 아닌 얘기나 나누고 싶다. 바쁜 것도 별로다. 앉아서 일하는데도 마음이 전력 질주를 한 것처럼 숨찬 기분이 드는 게 싫다. 도전도 안 좋아 한다. '자기 한계 극복'이란 말은 더더욱. 태어나 사는 것도 고단한데 '뭘 또 그렇게까지…' 하는 생각이 드는 것이다.

그런데 빅 픽처라니, 그런 걸 아무리 그린다 한들 삶이 계획한 대로 흘러가 줄 리 없다. 그러다가 오히려 자기 대신 자기가 세운 목표가 삶을 살아가도록 두는 사람들을 나는 더 많이 보았다.

무엇보다 빅 픽처 이론이 생선 가시처럼 목에 걸리는 지점은, 인생의 '완성'을 가정한다는 데 있다. 현재를 완성된 삶을 위한 어떤 '단계'로 보는 한, 우리는 영영 미완성의 삶을 살 수밖에 없기 때문이다. 똑같은 자기계발서를 읽고, 똑같은 포털 사이트에 접속해 똑같은 메인 뉴스를 보고, 똑같은 성공 병을 앓는 동안, 우리는 의심하지 않고 살아왔다. 인생은 '발전'돼야 하는 것이고, 자기는 '계발'돼야 하는 거라고.

그런 세계에서 오늘의 나는 늘 좀 더 노력해야 하는 부족한 존재일 수밖에, 지금의 삶은 아직 무언가를 이루지 못한 미진한 단계일 수밖에 없었다. 빅 픽처는 인생에 큰 기대를 걸라고 한다. 그래서 우리는 필연적으로 자주 실망하고 만다. 그럼 작은 기대를 걸고 자주 행복해지면 안 되는 걸까?

내가 궁금한 것은 이런 것이다. 목표가 없는 삶은 게으른 삶인가? 꿈이 없는 사람은 '진정한' 삶을 살고 있지 못한 걸까? 인생에서 꼭 대단한 무언가를 찾아 헤매야만 할까?

애초에 무를 썰려고 칼을 뽑는 사람도 있는 법이다.

왜 자꾸 무'라도' 썰라고 하는 건지.

야망이라곤 날 때부터 가지고 태어나지 않은 나는 끊임없이 더 나은 무언가를 찾아 노력하고 싶지 않다. 인생의 큰 그림을 그리느라 현재를 희생하고 싶지도 않다. 삶의 거창한 목표 같은 걸 세워 버리면, 목표는 과대평가하고 매일의 일상은 과소평가하게 되기 때문이다.

인생에 무언가 더 중요한 것이 있고, 지금 내 삶이 미진한 거라고 여기고 싶지 않다. 지금보다 더 나아져야 그게 진정한 나라고 여기고 싶지도 않다. 보이지도 않는 하나의 빅 픽처보다 매일 눈앞에 보이는 스몰 픽처를 100개, 1,000개 그리며 살고 싶다. 오늘은 큰 그림의 일부가 아니라, 그냥 오늘이니까.

이 와중에 야망의 시대를 무사히 건너기 위한 아주 단순한 방법을 발견했는데, 바로 지금을 호시절이라 여기는 것이다. 호시절이란 무엇인가. 삶의 낙이 있는 게 호시절이다. 야망 없는 이들이 그럭저럭 살아가기 위해선 가끔 삶의 의욕이 샘솟는 순간이 필요하다. 나로 말할 것 같으면, 날씨 좋은 어느 날 노천 테이블에서 맥주를 마시다가 갑자기 삶에 대한 의지가 불끈 솟곤 한다. 딱 그런 정도다.

"이렇게 맛있는 맥주를 마시려면 역시 열심히 일해야겠어!"

그 정도의 '열심히'가 좋다. 그 정도의 열심히는 실천도 할 수 있고 기분도 좋으니까. "이 맛에 산다" 하는 순간이 아마 누구에게나 있을 것이다. 각자의 스몰 픽처.

한 번 사는 인생 그렇게 살아선 안 된다고 말하는 이들은 대체로 야망가였다.

자, 그럼 각자의 길을 갑시다.

내 재능은 딱 그만큼이었다.

한다니 딱히 말리진 않겠지만 한다고 그리 잘될 것

같지도 않은,

70점짜리
재능

　스무 살이 되어 서울에 왔을 때, 지금부터야말로 내가 기다려 온 인생이 시작될 거라고 생각했다. 그전까지는 마치 지금을 위한 준비 시간이기만 했던 것처럼. 좁고 외딴 시골을 떠나왔으니, 교복에 갇혀 있던 십대를 벗어났으니, 이제 새로운 도시에서 '본격적인' 인생이 시작되겠지, 하고. 당연한 얘기지만 물론 그런 일은 일어나지 않았다. 세련된 서울 아이들 틈에서 나는 촌스러운 시골 쥐 같았고, '쟤는 뭘 해도 하겠구나' 싶게 만드는 남다른 재능들에 비해 나 정도의 재능은 널려 있다는 생각이 들었다.

　막연히 글 쓰는 일을 직업으로 삼고 싶다고 생각하면서 관련된 활동이나 강의 들을 기웃댈 때였다. 기대 반 두려움 반으로 드라마 창작 수업에 들어갔을 땐 드라마 작가로 일하시던 교수님으로부터 "네 재능은 70점짜리"라는 말을 들었다. 성실하게 쓰는 게 장점이니 평타는 치겠지만 기막힌 작품을 써내진 못할 거라는, 그런 요지의 말이었다.

서운하다기보다 그동안 막연히 나를 답답하게 하던 뭔가의 정체를 알게 된 느낌이었다. 아, 그래서였구나. 꿈속에서 달리기를 할 때처럼 늘 제자리에서 헛돌던 기분이 든 게. 정말 재능 있는 친구들과 비교해 보면 나는 딱 그 정도의 실력을 가지고 있었다. 한다니 딱히 말리진 않겠지만, 한다고 그리 잘될 것 같지도 않은.

오히려 재능이 아예 없는 것은 아니어서 다행이라고도 생각했던 것 같다. 지망하는 업계 선배로부터 "너는 다른 걸 해 보는 게 어때?"라는 말을 듣는 것보다야 "네 재능은 70점짜리"란 말을 듣는 게 나은 일이니까.

졸업 후 2년여가 지난 뒤, 그 수업에 100점짜리 극본을 가져오던 친구가 드라마 극본 공모에 당선되었다는 소식을 들었다. '돼야 할 사람이 됐구나' 하는 생각을 제일 먼저 했던 것 같다. 그 애가 쓴 시놉시스는 다른 모든 아이들의 것과 달랐다. 작품으로 만들어지는 걸 꼭 보고 싶게 만드는 글이었다.

어쩌면 인생은 그런 것일지도 몰랐다.

재능 있는 친구 뒤에서 박수를 치는 게 보통인.

한번은 회사 후배가 집에 내려가면 부모님이 자꾸 "그래, 다른 데 준비는 하고 있고?"라고 물어본다는 얘기를 한 적이 있다. 갓 입사한 회사이니 그럴 법도 한…… 게 아니라, 회사 다닌 지가 벌써 3년째라는 게 문제였다. 자식이 기대에 못 미치는 일을 하고 있다는 것을 에둘러 그렇게 표현하는 것이다. 하긴 내가 졸업 후 작은 잡지사에 출근하게 되었을 때, 엄마는 축하한다는 말 대신 "그래서, 방송국은 언제 갈까가?" 하고 물었다. 엄마는 내가 신문방송학과를 졸업했으니 최소한 뉴스에 나와서 "KBS 뉴스 김신지입니다"라고 말하거나 "이거 우리 애가 만드는 거잖아" 자랑할 수 있게끔 엄마가 즐겨 보는 TV 프로그램의 감독이나 작가쯤 될 거라고 기대했던 것 같다.

그런 엄마에게 인디 뮤지션들을 인터뷰하고, 제주에 다녀와서 여행기를 쓰는 내 일에 대해 설명하기란 힘들었다. 그 후로도 엄마는 내가 옮겨 다니던 회사의 이름을 좀처럼 외우지 못했고, 기다리다 지친 어느 추석에는 이렇게 물었다.

"니 그냥 방송국 다닌다 카믄 안 되나? 마이 다르나?"

어쩌면 인생은 그런 것일지도 몰랐다.

부모가 보았을 때 '별다른 것이 되지 못한' 삶을 사는.

70점짜리 재능은 자라지 않았고 별다른 것이 되지도 못
했다. 그럴 때 이런 질문은 자연스럽다. 그 모든 걸 알면서도
우리는, 좋아하는 일을 지치지 않고 해 나갈 수 있을까? 오
랫동안 나는 이 질문을 품고 둥둥 떠다녔던 것 같다.

쓰는 일을 좋아하지만 늘 한 발짝 물러선 자세로 "지금이
라도 다른 일을 찾는 게 나을까?" 고민하기도 했고, "그래도
넌 좋아하는 일 하잖아"라고 말하는 친구들 앞에서 변변한
매력 발산도 못 하고 늘 꽁무니만 쫓아다니는 이 짝사랑에
대해 설명하지 못해 답답해하기도 했다. 그런 시간을 충분
히 보내고 난 뒤, 내가 닿은 뭍이란 이런 세계다. 무엇이 되
려고 하기보다 무엇을 하는 게 더 중요한 세계.

실패에 대한 두려움은 대개 '하다'와 '되다'를 혼동
하는 데서 온다. 어느 독립영화 감독을 인터뷰할
때다. 보통은 영화를 하고 싶으면 시험 쳐서 영화

과 진학부터 하던데 당신은 무슨 배짱으로 덜컥 월세 보증금 빼서 영화부터 찍었냐고 물었다.

"그 사람들은 영화를 하고 싶은 게 아니라 영화감독이 되고 싶은 거겠죠. 하고 싶으면 어떤 식으로든 하면 됩니다. 그런데 되고 싶어 하니까 문제인 거예요. 성공한 누군가를 동경하면서요."

— 이숙명, 《혼자서 완전하게》 중에서

스물다섯에 함께 살았던 룸메이트가 신세 한탄이나 하며 매일 글쓰기로부터 도망치던 내 책상 앞에 붙여 주었던 쪽지가 있다.

"작가란 오늘 아침 글을 쓴 사람이다."

그것은 내가 어떻게 해 볼 수 있는 세계였다. 단지 오늘 아침 일어나 글을 쓰면 되므로. 물론 늦된 내가 그 말의 진짜 의미를 깨달은 건 시간이 한참 지난 뒤의 일이었지만.

그리하여 지금은, 내가 할 수 있는 것을 하는 삶에 대해서만 생각한다. 최고의 작가가 되는 것은 어렵더라도, 매일 쓰는 사람이 되는 것은 내가 할 수 있는 일이다. 동네 수영

장에서 제일 수영을 잘하는 사람이 되긴 힘들겠지만, 일주일에 세 번 수영 수업을 빠지지 않고 가는 것, 그래서 자유형을 할 수 있게 되는 것은 가능한 일이다. 그 세계에서 나는, 내가 할 수 있는 오늘의 일을 마치고 만족감 속에 맥주한잔을 마실 수 있었다. 대단한 성취를 좇거나 끊임없이 남과 비교하지 않아도, 나와 약속을 하고 조용히 그 약속을 지킬 수 있었다.

'되다'와 '하다'를 혼동하지 않으면 70점은 문제가 되지 않는 거였다. 그러니 좋아하는 일 앞에서 우리가 물어야 하는 건 성공 여부가 아닐지 모른다. 되고 싶어서인가, 아니면 하고 싶어서인가 하는 것.

우리를 지치게 하는 것은 되려는 욕심이지,

좋아하는 일 자체가 아니기 때문이다.

그때, 가장 힘든 순간에 회사를 그만두었더라면

지금 다른 삶을 살고 있을까?

좋아하는 일을 하면
행복해질까?

돈이란 건 뭘까.

라디오 피디가 되고 싶었던 구 남친 현 남편 강은 어쩌다 보니 팔자에도 없는 IT 회사에 취직했다. 처음 한 해를 그가 얼마나 힘들어하며 보냈는지 곁에서 지켜보아 안다. 애초에 지원하고 합격한 부서는 전혀 다른 데였지만, 신입사원 교육이 끝나고 난 뒤 회사는 회사의 뜻대로 부서 배정을 마쳤다.

그곳에서 그는 사내 시스템 담당자 역할을 맡았다. 매일 그의 자리로 수백 통의 전화가 걸려 왔다. 밀려드는 많은 요청을 강은 혼자서 처리해야 했다. 아침에 일어나면 전화를 받으러 회사에 가는 것 같다고 했다. 자신이 수화기가 된 것 같은 날도 있다고 했다.

나는 그가 무얼 하며 살고 싶었는지 너무 잘 아는 사람이었다. 초등학교 때부터 라디오 앞에 붙어 앉아 있던 소년은 자라서 그 라디오에서 흘러나오는 것들을 만드는 사람이 되고 싶어 했다. 프로그램을 구상하고 전국 청취자들이 보내는 사연을 읽고, 그에 어울리는 음악을 내보내는 일을. 그랬던 그는 이제 밀려드는 업무 전화를 받다가 참지 못하고 책상 위로 볼펜을 집어 던지는 회사원이 되어 있었다. 당시 나는 다니고 싶었던 잡지사에서 하고 싶은 일을 하기 시작한 지 2년째였다. 적은 월급을 받고, 한 달의 마감이 끝나면 적당한 보람을 느꼈다. 이해할 수 없는 사람이나 일을 만나 종종 힘들기도 했지만 "이 바닥은 원래 다 그렇다"라는 말을 당연한 듯 받아들였다.

대학교를 졸업할 즈음 사귀기 시작한 우리는 서로가 처음으로 일을 시작하고 어떤 일들을 감당하는지 곁에서 다 지켜보았다. 내가 먼저 취직을 했고, 2년 뒤엔가 그가 취직을 했다. 받는 돈은 두 배 정도 차이가 났다. 그래서였다. 우리는 쉽게 후회하질 못했다. 무엇도 확실하게 말할 수가 없어서였다.

좋아하는 일을 한다는 게 이런 건지 몰랐다는 말이나, 이 정도 월급을 받으면서 불행하다고 말하는 건 잘못된 일 같다는 그런 말. 강은 아마 더 말하기 힘들었을 것이다. 연일 뉴스에서 취업난이라 떠들어 대는 시대에 다행히 취직이 된 것, 큰 회사에서 괜찮은 월급을 받는 것. 그 자명한 '사실'은 이 일이 힘들다거나 내가 살고 싶었던 삶은 사실 이런 게 아니라는 '해석'을 해서는 안 되는 이유 같았다.

강은 좀처럼 힘든 내색을 하지 않는 사람이지만, 두어 달에 한 번씩 늦도록 술을 마실 때면 한 적 없는 얘기를 하곤 했다. 회사에서 자신이 어떤 기분으로 버티는지. 어떤 날은, 현관문에서 회사 정문까지 이르는 길이 점점 길어지는 것 같다고도 했다. 27층 건물 안에 갇혀 온종일 한 번도 웃지 못한 채, 요즘 무슨 일 있느냐는 소리만 듣는 얼굴로 사는 게 자신을 점점 별로인 사람으로 만들어 가는 것 같다고. "그만큼 힘들었으면서 왜 진작 말을 안 했어" 싶어지는 얘기들을 본인은 다음 날 기억도 하지 못하면서 털어놓곤 했다.

나는 그게 그의 진심이라는 걸 알았다.

"나 괜찮아, 돈 버니까 신난다, 다음 달에 어디 놀러 갈까?"

그런 말로는 도저히 덮이지 않는.

이렇게 사는 건 아닌 것 같다는 생각이 들던 어느 날, 편지를 써서 그가 벗어 둔 외투 앞주머니에 넣어 둔 적이 있다. 힘들면 언제든 그만두어도 된다고. 우린 아직 어리고, 무언가를 할 수 있는 기회는 많을 테니 이것을 실패라 여기지 않아도 된다고. 무엇보다 그 일이 너를 갉아먹게 두지 말자고. 세상에 그 정도의 일은 없는 거라고. 출근길, 강은 고맙다는 문자를 보내왔다. 그게 마지막이었다. 그 후로 지금까지 그는 같은 회사에 쭉 다니고 있다.

가끔씩 둘이 술을 마실 때면 우린 그 편지를 농담의 소재로 삼곤 한다.

"그때 그것만 아니었더라면! 딱 그만두려던 참이었는데 그런 편지를 쓰다니…!"

그런 얘길 한 뒤 한바탕 웃고 나면 이상하게도 반은 웃기고 반은 서글퍼진다. 정말 그런 거면 어쩌지. 시기적절하게 건넨 위로가 강을 이 삶에 묶어 둔 거라면.

부서를 옮긴 뒤로 강은 그럭저럭 만족하며 다닌다. 그때만큼 일이 괴롭진 않다고 말하면서.

하지만 어느 날의 퇴근길, 각자 일터에서 나와 집으로 돌아가는 사람들 틈에서 나는 한 번씩 생각에 잠긴다. 그때, 가장 힘든 순간에 회사를 그만두었더라면 지금 강은 다른 삶을 살고 있을까? 그에겐 좀 더 행복한 일을 찾을 기회가 주어졌을까? 아니, 그때의 우리는 다른 삶을 살 수 있는 사람들이었을까? 어렵사리 들어간 회사를 포기하고, 매달 통장에 꽂히는 월급을 포기하고, 하고 싶다고 오랫동안 생각했던, 그래서 아닌 것 같아도 물릴 수 없어진 일을 포기하고 모아 둔 월급으로 훌쩍 여행을 떠나거나 지방의 어느 골목에 작은 가게를 차릴 수 있는 사람들이었을까?

그런 의문들이 한꺼번에 떠오를 때마다 내가 내 인생의 어떤 가능성을 닫아 버린 것 같은 기분도 들고, 실은 아무리 멍석을 깔아 준대도 나는 다르게 살아 볼 용기 같은 건 전혀 없는 사람 같다는 생각도 든다.

인생은 정말 모르겠다. 강이 졸업을 앞두고 한창 언론고시 준비를 하던 해, 방송국들은 일제히 파업에 들어갔다. 파업 중에는 공채가 전무했다. 이 길 하나만 보고 멀리서부터 걸어왔는데 지금은 공사 중이니 돌아가라는 안내판을 맞닥뜨린 기분이었을 것이다. 그는 다른 길을 찾아야 했다. 이곳저곳 공채가 뜨는 회사마다 원서를 넣었다. 어느 회사에 가고 싶으냐고 물으면 모두가 "나를 뽑아 주는 데"라고 대답할 수밖에 없는 취업 시즌이었다. 한 우물만 판 게 아니라 여러 우물을 파다가 물이 나오는 우물을 선택했으므로 그는 어쩌면 자신을 '꿈을 포기한 사람'이 아니라 '다른 것을 선택한 사람'이라 여기는지도 모르겠다.

요즘의 강은, 일은 할 만하냐는 물음에 그냥 나쁘지 않다고 대답한다. 처음보다는 낫다고. 그 정도면 됐다고. 나는 항상 그의 그런 점을 높이 샀다. 그 정도면 되는 것. 대단히 만족스럽지 않아도 괜찮다고 여기는 것. 하고 싶은 일을 하며 살지 못한다 해서 좌절하지 않는 것. 나는, 한 사람을 비참하게 만드는 건 때로 간절함이라고 생각해 왔기 때문이다.

일이란 건 뭘까. 돈이란 건 뭘까. 똑 부러지는 답을 내놓지 못하면서 자꾸 묻기만 한다. 지금으로서는 하고 싶은 일을 하는 게 행복한 인생이라고도, 돈을 벌기 위해 하는 일들은 불행하다고도 말할 수가 없을 것 같다. 좋아하는 일을 하지만 돈이 정말 없던 시절도 겪어 보았고, 그리 원치 않는 일을 하며 이전보다 많은 보수를 받던 적도 있었다. 하지만 역시 글을 쓰고 싶었다. '내 것'을 해 보겠다고 회사를 나와서는 그냥 나약한 의지를 지닌 백수로 몇 달을 살았다. 이대론 안 될 것 같아 다시 좋아하는 일의 자리로 돌아와 세 번째로 입사했을 땐 중간관리자를 맡아야 하는 연차가 되어 있었다. '하고 싶은 일'에 속했던 실무는 줄어들고 결정하고 책임져야 하는 일은 늘어났다. 한 번씩 다 때려치우고 싶을 때도 있지만, 맛있는 안주에 술을 마시거나 비행기표를 알아볼 때면 그래도 일이 있어 다행이라는 생각도 든다.

강이 하는 일은 그가 단 한 번도 하고 싶다 생각한 적 없는 일이다. 그러나 이 삶이 그가 원하지 않았던 삶이라고 할 수 있을까?

언젠가 휴가철에 읽은 기사에서 이런 식의 문장을 발견했다.

"회사에 마음에 드는 부분이 20퍼센트만이라도 있으면 다닐 수 있다."

나는 그 말에 동그라미를 쳐 둔다. 맞는 말이다. 100퍼센트 좋은 회사나 일이란 건 있을 수가 없다. 나를 버티게 해 주는, 보람을 느끼게 하는 20퍼센트만 있다면 선방하는 회사라고 생각한다.

이경미 감독의 책 《잘돼가? 무엇이든》엔 이런 문장도 나온다.

> 내가 좇고 있는 목표가 나를 불행하게 만들면 빨리 그만두겠다, 고 수시로 다짐한다.
>
> — 이경미, 《잘돼가? 무엇이든》 중에서

나는 이 말에도 동그라미를 쳐 둔다. 어쩌면 이것이야말로 우리가 일에 대해 가져야 하는 유일한 태도가 아닌가 하면서. 하고 싶었던 일이든 아니든, 그 일이 나를 정말 불행하게 만든다면 그만두어야 한다. 세상에 나를 망치는데도 버텨야 할 만큼 중요한 일이란 건 결코 없으니까. 일을 하며 그 정도까지 불행해진다면 그렇게 얻은 성취감이나 돈으로 아무리 퉁을 쳐 봐야 퉁이 안 될 테니까.

좋아하는 일에도 좋기만 한 건 없고, 좋아하지 않는 일에도 좋은 점은 있다. 이 문장만은 확실하게 쓸 수 있다. 어쨌든 일과 나는 아직 알아가는 사이다. 서로를 어떻게 부를지는 시간이 좀 더 지나봐야 알 것 같다.

나는 이제 다가올 나이를, 아직 가 보지 않은

여행지에 대해 말하듯 얘기하고 싶다.

내 마음에 드는
인생

'몇 밤이나 자면 어른이 될까?'

어렸을 땐, 그런 생각을 하며 손꼽아 기다릴 만큼 얼른
어른이 되고 싶었다. 어른이 된다는 것은, 지금은 어려서 불
가능한 많은 것을 할 수 있게 된다는 것을 뜻했다. 부모와
함께가 아니면 지방 소도시의 경계를 벗어나지 못했던 나
이, 무엇을 하든 허락과 지원이 필요했던 나이, 서툴러서 저
지른 실수들로 며칠 밤을 뒤척였던 나이…… 그 모든 제약
과 미숙함이 어른이 되는 순간 사라질 거라 생각했기 때문
이다. 이곳을 떠나면, 스물이 되면, 마침내 원하던 인생을 살
수 있겠지. 하루에 버스가 몇 번 다니지 않던 시골 마을 끝
집, 물려 입은 옷의 보풀을 뜯으며 어린 나는 기다렸다. 어른
의 나이를.

그리고 마침내 그 마을을 떠나 스무 살이 되었을 때, 난 더는 아무것도 기다리지 않는 사람이 되어 있었다. 어떤 나이를 손꼽아 기다린다거나, 아직 오지 않은 미래를 그리며 설레어 하는 일은 이상하게도 교복을 벗는 순간 함께 끝나 버렸다.

스무 살의 내가, 서른을 기다렸던가? 서른에 대해 이야기 하느라 친구들과 상기된 뺨으로 마주 앉곤 했던가? 아니다. 그 시간은 현재로부터 너무 멀리 있어서, 우리가 할 수 있는 말은 고작 이런 것이 전부였다.

"그때쯤 우린 다들 뭐 하고 있을까?"

"지금의 우리를 웃으며 돌아보는 날이 올까?"

꿈꾸며 설레어 하는 대신, 우리는 그 나이를 걱정했다. 취업은 했을까, 어렵게 들어간 직장에서 정작 하나도 행복하지 않은 건 아닐까, 미뤄 둔 효도는 하고 있을까, 사랑하는 사람은 만났을까, 자주는 아니더라도 여전히 함께 얼굴 보며 살고 있을까.

더는 다가올 나이를 기다리지 않게 된 마음엔, 그 나이가 되어 할 수 있게 될 일들에 대한 기대보다 그때 가서도 못하고 있을 일들에 대한 걱정만 들어차 있었다. 한 해가 지날 때마다 우리는 초조해졌다. 세상의 보폭에 발맞춘다는 것은 그런 것을 뜻했다.

한편 그런 불안감과는 별개로, 세상은 나이 드는 것을 흔한 농담의 소재로 삼곤 했다. 떠도는 농담을 내 것처럼 입에 담던 나이에, 그래서 우리는 아무렇지 않게 말했다. 고작 스물다섯인 우리가 '반오십'이나 '꺾였다'는 표현을 서슴없이 할 때, 재수나 삼수로 들어온 동기의 나이가 우스개나 놀림 거리가 될 때, 우리는 그 나이 듦을 무의식적으로 피하고 싶어 했던 게 맞다. 나이에 대해 말할 때, 우리는 잃어버릴 것들에 대해서만 생각했다. 빛나는 청춘을 잃고, 밤샘을 해도 거뜬한 체력을 잃고, 세상일에 기민하게 반응하던 감성을 잃고 필연적으로 별 볼 일 없는 어른이 될 순서만 남은 것처럼. 잃은 자리를 채우며 비로소 얻게 될 것, 그 나이에 이르러서야 가능해질 것들에 대한 생각은 그리 해 보지 못했다.

언젠가 JTBC 〈뉴스룸〉 스튜디오에 나온 배우 한석규는 "나도 점차 구닥다리가 되어 가는 건 아닐까 하는 불안감 같은 걸 배우로서 느끼지 않느냐"는 손석희 아나운서의 질문에 이렇게 대답했다.

"전혀 그렇지 않습니다. 배우의 좋은 점을 조금 거창하게 말씀드린다면, 나이 먹는 걸 기다리는 직업이 배우입니다. 젊었을 때는 그런 생각 안 해 봤어요. 나이를 조금씩 먹으면서 배우라는 게 정말 좋구나 하는 점 중 하나가 예순이 되어서 일흔이 되어서 제가 하고 싶은 역할, 또 그때를 기다리는 즐거움이라고 해야 할까요, 그런 게 있어요."

꼭 배우가 아니어도, 우리는 모두 '역할'로 산다. 무엇보다 가장 중요하게는, '나'로 산다. 그러니 어떤 삶을 살고 있든, 직업과 무관하게 우리도 그렇게 생각할 수 있지 않을까. 서른이 되어서, 마흔이 되어서 하고 싶은 일, 내가 할 수 있는 일을 생각하며 그때를 기다리는 즐거움이 있다고. 그럴 때 나이는 기꺼운 변화가 된다. 어린 우리가 몇 밤이나 자면 어른이 될지 그토록 미래를 기다린 것처럼, 지금은 할 수 없는 것들을 그때엔 할 수 있게 되리라는 기대로 미래의 나를 기다려 볼 수도 있는 일이다.

인터뷰를 마무리하던 그의 말 또한 기억에 남는다. 흔히 말하는 전성기를 지나온 배우, 그 이후의 작품이 때로 잘 되기도, 잘 되지 않기도 했던 이 배우는 '인기란 건 곧 젊음인 것 같다'며 이렇게 말했다.

"제가 젊었을 때의 제 젊음을 생각해 보면, 좋은 건 알겠는데 늘 좋지만은 않았던 것 같아요. 뭔가 늘 달떠 있고, 불안하고, 우울하고… 제게 젊음은 그런 편이었어요. 지금은 그 젊음을 겪어 낸 후의 또 다른 평온함도 참 좋구나, 하는 생각을 합니다. 그리고 그렇다면 아마, 앞으로도 내가 나이를 먹어갈 때마다 '또 다른 무엇'이 분명히 있을 것이라는 걸 기대할 수 있고요. 그것을 기다리는 일이 참 좋습니다."

'또 다른 무엇.' 아직 오지 않았으니 당연히 알 수 없는 그 무엇. 그렇다면 걱정하거나 두려워하기보다 기다려 보는 것도 나쁘지 않겠다.

나는 내 인생이 마음에 들어
한 계절에 한 번씩 두통이 오고
두 계절에 한 번씩 이를 뽑는 것
텅 빈 미소와 다정한 주름이 상관하는 내 인생!
나는 내 인생이 마음에 들어

– 이근화, 《우리들의 진화》
'나는 내 인생이 마음에 들어' 중에서

이 시를 만난 건 스물여섯 즈음의 가을이었다. 전문은 곰곰이 읽을수록 쓸쓸해지는 시였지만, 어디서도 들어 보지 못한 명랑한 어조가 얼마간 지쳐 있던 마음을 두드렸다. 시의 한 구절처럼 '내가 마음에 들고 나를 마음에 들어 하는 인생'을 산다는 건 얼마나 근사한 일일까. 여태껏 그런 생각을 한 번도 해 보지 못한 사람처럼 나는 이 시 앞에 한참을 앉아 있었다. 그렇게 살 수 있을 때, 나와 내 인생은 가장 마음 맞는 친구가 될 것이다.

시인은 또한 말한다. "아직 건너 보지 못한 교각들 아직 던져 보지 못한 돌멩이들 / 아직도 취해 보지 못한 무수히 많은 자세로 새롭게 웃고 싶"다고. 그렇게 말하는 것은 분명, 나이를 기다리는 일이다.

나는 이제 다가올 나이를, 아직 가 보지 않은 여행지에 대해 말하듯 얘기하고 싶다. 그곳은 분명 근사한 곳일 거라고, 거기 도착하면 이전에 보지 못했던 것을 보고, 하지 못했던 얘기를 나눌 수도 있을 거라고. 그리하여 그곳에서라면, 내가 마음에 들고, 나를 마음에 들어 하는 그런 인생을 살아 볼 수 있을 거라고.

———————

퇴근 후 저녁을 먹고 나면 아홉 시가 된다.

매일 겪어도 매일 억울하다.

아니, 뭐 했다고 아홉 시야…….

손흥민 선수도
사는 일은 어렵겠지

늦은 저녁을 먹고 난 뒤였다. (비교적 일찍) 퇴근하고 집에 와서 저녁을 차려 먹고 나면 금세 아홉 시가 된다. 매일 겪어도 매일 억울하다. 아니 뭐 했다고 아홉 시야……. 하루는 스물네 시간인데 잠자고 일하는 것만으로 내게 남는 시간이 얼마 되지 않다니. 괴롭힌 사람은 아무도 없는데 혼자 서러운 기분이다.

저녁을 먹느라 틀어 놓은 TV 속에선 다큐멘터리에 나온 손흥민 선수가 좀처럼 밤잠을 이루지 못한다는 얘기를 하고 있었다. 등 돌린 채 설거지를 하던 강이 말했다.

"한 사람이 느낄 수 있는 행복엔 한계가 있겠지?"

"왜? 손흥민도 잠을 못 잔대서?"

"응. 사람들이 생각하기엔 저런 인생이라면 평범한 사람보다 큰 행복을 느낄 것 같지만 그렇지도 않은 거잖아."

그러려나. 그의 이름을 딴 다큐멘터리가 방영될 만큼 세상은 그를 궁금해한다. 궁금한 만큼 함부로 짐작한다. 저런 인생은 얼마나 근사할까, 저런 인생에도 걱정이란 게 있을까, 하면서. 하지만 경기에서 진 뒤 어두운 방에서 영상으로 그날 경기를 곰곰이 복기하는 그의 뒷모습은 쓸쓸해 보였다. 아무도 해결해 줄 수 없는 종류의 문제. 오로지 그의 마음속에서만 일어나고 사그라드는 감정들. 뭇사람들에겐 '넘사벽' 같은 인생을 사는 그에게도 행복이란 역시 어려운 거겠지. 결국 한 사람이 느낄 수 있는 행복의 크기에는 한계가 있을지 모른다(미안합니다, 손흥민 선수. 잘 알지도 못하면서…).

그렇게 생각하면, 무언가를 더 가지려 애쓴다는 게 무용하게 느껴진다. 더 많이 가진다고 더 많이 행복할 리 없으니까. 요즘은 늦은 밤, 사무실에 남아 일을 하다 '내가 또 사서 고생하는구나' 싶을 때마다 반사적으로 이 '사서 고생'의 이유와 목적을 묻게 된다. 뭐 하려고 이렇게까지 하나. 결국은 행복하자고 일도 하고 돈도 벌고 사람도 만나는 건데 그걸 열심히 하다 불행해지다니 이런 엉터리 같은 일이 어디 있나, 뭐 그런 생각.

일희일비의 아이콘과도 같았던 나는 요즘 사소한 일로 스트레스를 받고 있으면 그런 내가 바보 같고, 우울해하는 동안 지나가는 오늘 치의 시간들이 아깝게 느껴진다. 그렇다. 확실히 예전엔 없던 감각이 생겼다. '이러고 있는 시간'이 아깝다는. 그렇다고 우울했던 기분이 금세 밝아지거나 없던 기운이 마구 샘솟는 건 아니지만, 적어도 새로 고침 정도는 된다. '정신 차려, 울상을 하고 지내 봤자 이건 네 하루야' 하고. 나는 손흥민도 김연아도 아니지만, 인생 역시 그런 게 아니니까. 이번 삶에서, 눈앞의 일상에서, 내가 느낄 수 있는 행복의 최대치를 찾아야 한다. 그러니까 그런 게 존재한다면.

밤새 내리던 비가 이튿날까지 이어졌다. 비 내리는 아침엔 회사에 특별히 더 가기 싫지만, 태어났으니까 산다는 마음으로 일어났으니까 회사에 갔다. 퇴근 무렵 멀리서부터 하늘이 개기 시작했다. 이틀 내내 내린 비가 대기를 깨끗이 씻어 낸 게 느껴지는 청명한 하늘이었다. 미세먼지의 나날이 시작된 후로는 공기만 맑아져도 괜스레 가슴이 뛴다. 이때를 놓치지 말고 어서 밖에 나가 뭐라도 해야지 싶어서다.

연차를 쓰고 집에서 놀고 있던 강이 회사 앞으로 왔다.

우리는 약속이라도 한 듯 한강을 향해 걸었다. 마포대교 아래로 난 길을 용케 찾아서 내려갔더니 건너편 여의도의 빌딩들 위로 구름이 그려 넣은 듯 펼쳐져 있었다. 공기는 숨을 더 많이 쉬어 두고 싶을 정도로 맑았다. 어딘가에서 자전거를 빌려 온 사람들이 웃으며 우리 옆을 스쳐 지나갔다.

그날 걸은 길은 서울에 살면서 처음 걸어 보는 길이었다.

"아직도 이렇게 안 가 본 길이 많네."

"서울 진짜 넓어."

그런 얘길 하면서 걷고 또 걸었다. 마포대교와 한강대교 사이에선 멈춰 서서 노을을 보았다. 높다란 대교 위로 버스가 지날 때마다 햇빛을 머금은 버스 안이 투명하게 비쳤다.

"단편영화 오프닝 장면 같다."

"그러게."

투명한 버스를 네 대쯤 구경하고 나서 걸음을 이어갔다. 이촌 한강공원에 이르렀을 땐 발이 아파 더 걸을 수가 없었다. 편의점에서 맥주를 한 캔씩 사서 강변 계단에 앉았다. 건너편의 불 밝힌 도시를 바라보며 웃자란 풀들 사이에 앉아 맥주를 마시는 건 초여름을 지날 무렵 내가 가장 좋아하는 일이기도 했다. 캄캄한 하늘 위론 이따금 밤 비행기가 반짝이며 지나갔다. 그때마다 잔디밭 어딘가의 돗자리에서 "비행기다!" 하고 반갑게 외치는 꼬마의 목소리가 들리곤 했다.

"이럴 때 보면 행복 진짜 별거 없다."

강은 영감처럼 또 그런 소릴 했다. 어제의 대화를 복기하며 행복의 최대치에 대해 곰곰 생각하던 나도 고개를 주억거렸다. 여름이 오는 내내 날씨가 정말이지 너무 좋았다. 덥지도 춥지도 않은, 매일 이렇다면 살 만할 텐데 싶은 날씨.

지난 한 달을 가만 돌이켜보면 나는 맑은 공기와 얘기 나눌 친구와 맥주만 있으면 어김없이 행복했던 거 같다. 그게 행복의 3요소라니. 너무 쉽네. 그렇다면 의외로 내가 오래 찾아 헤맨 답도 쉬운 것일지 모르겠다.

잘 산다는 게 대체 뭘까? 그건 그냥 내가 오늘 하루를 마음에 들어 하는 그런 일이 아닐까? 우리는 어떤 즐거움을 찾아다녀야 할까? 크든 작든 내가 느낀 즐거움들에 이미 그 답이 나와 있는 게 아닐까? 언제 즐거운지, 언제 웃었는지 기억하고 산다면 그걸로 충분한 인생일지 모른다.

그날 한강 둔덕에 앉아 느낀 마음을 저울에 재 본다면 아마 내가 느낄 수 있는 행복의 최대치가 나왔을 것이다. 안

재어 보아도 어쩐지 알 것 같다. 답은 이미 나와 있는데, 자꾸 잘못 산다. 어떻게라도 답 비슷한 것에 가까워져 보려고, 공기가 맑은 날이면 돗자리와 맥주를 챙겨 한강에 간다.

결핍은 어쩌면 우리의 정체성이 된다.

비어 있는 부분을 채우려 애쓰는 사이, 그런 것을

중요히 여기는 사람이 되는지도.

어른이 되어
좋은 게 있다면

지난여름 동해로 2박 3일 가족여행을 떠났다. 환갑을 넘긴 엄마와 아빠, 오빠네 4인 가족, 강과 나까지 처음으로 세 식구가 함께 떠난 완전체 가족 여행이었다.

엄마는 금방이라도 터질 듯한 배낭을 지고, 두 개의 아이스박스에 먹을 것을 가득 챙겨 왔다. 커다란 수박도 한 통, 냉장고에서 그대로 꺼내 온 반찬들도 많았다. 왜 그리 많은 짐을 챙겼는지 알면서, 그러니까 우리 먹으려고 뭐라도 하나 더 챙기려 한 그 마음을 알면서 또 짜증을 내고 말았다.

"무슨 한 달 여행해? 뭐 하러 이렇게 많이 가져와!"

엄마는 달래는 말투로 말했다.

"저녁에도 먹고 아침에도 먹으면 되지."

우리 역할은 늘 그랬다. 나는 짜증 내고 엄마는 늘 무언가를 준다. 계속 더 주고 싶어 한다.

어쨌든 엄마가 그 많은 것을 챙겨 온 덕분에 우리는 장을 보지 않고도 저녁상을 차릴 수 있었다. 첫날 묵었던 삼척의 숙소에는 낡았지만 근사한 옥상이 있었다. 시원한 여름밤, 바다가 내려다보이는 옥상에 앉아 파도치는 밤바다를 보며 부모와 술잔을 기울이고 있자니 새삼 신기했다.

내가 다 자라서 시골집을 떠나고 서울에 자리를 잡고 결혼을 하기까지 우리 가족은 단 한 번도 다 같이 여행을 한 적이 없었다. 금전적인 여유도 문제겠지만 마음의 여유가 더 없었기 때문이리라. 엄마 아빠는 그런 삶을 욕심내지 않고 살았다. 욕심내지 못하고 살았다고 해야 맞을까. 크는 내내 우리 집에 외식이라든가, 여행 같은 단어는 존재하지 않는 것이나 마찬가지였다. 한 번도 생계 이외의 것을 상상해본 적 없는 사람들처럼 부모는 살았다. 해 뜨기 전에 먼저 일어나 밭으로 가고 해가 진 뒤에야 집으로 돌아오면서.

나는 어땠느냐면, 내내 다른 삶을 꿈꾸며 자랐다. 모른다고 해서 원하지 않는 것은 아니었다. TV에 나온 어떤 가족들이 조명 환한 식당에서 밝은 표정으로 저녁을 먹다가 방송국 카메라를 향해 인사를 하는 것이나 짐을 끌고 공항에 도착해 어딘가로 여행을 떠나는 장면 같은 것은 내가 가져 본 적 없는 세계였다. 빛을 발하는 화면 속 세상은 이렇게 살 수도 있다고 끊임없이 말을 걸어오는 것 같았다.

그랬으므로 계속 꿈꾸었다. 지금 내게 없는 것, 언젠가 내가 가지고 싶은 것들을. 시골 마을 외딴 집 작은 방에서, 다른 삶을 꿈꾸는 힘으로 자랐다고 해도 과언이 아니다. 나는 낯선 곳에 갈 거야. 다른 꿈을 꿀 거야. 먹고사는 게 전부가 아닌 삶을 살 거야. 매일 그런 다짐을 곱씹었다.

스무 살이 되어 독립했을 때 내가 가장 하고 싶었던 일은, 여행을 떠나는 것이었다. 배낭을 메고 인도에 갔고, 유럽에 갔고, 그러고도 모자라 1년 동안 아르바이트를 해서 번 돈을 모아 세계 여행을 떠났다. 그땐 그냥 내가 여행을 좋아한다고만 여겼는데 10년이 흐른 지금은, 내게 왜 그토록 떠나는 일이 필요했었는지 알 것 같다. 한 번쯤 가 보아야 했다. 내가 갈 수 있는 가장 멀리까지. 가장 낯선 곳에 가서 내가 어떻게 살 수 있는 사람인지 겪어 보고 싶었다. 생계와는 가장 먼 일로서의 여행을 하고 싶었다.

동해 여행 이튿날엔 숙소를 옮겼다. 아침에 일어나 1층

레스토랑에 간단히 비치해 놓은 조식을 먹으러 내려갔는데, 엄마가 자꾸 우유에 시리얼을 타서 가져왔다. 다른 것도 있는데 왜 그것만 가져오느냐 묻자 엄마가 문득 말했다.

"니들 어렸을 때 이걸 못 먹인 게 나는 여태 한이다."

서울 사는 큰엄마가 명절을 맞아 시골집에 올 때마다 외동아들에게 시리얼 먹이는 얘길 하곤 했는데, 오빠와 나한테도 그걸 그렇게나 먹이고 싶었다고. 외국에서 가져온 거니 영양가도 분명 많을 텐데 너희가 그걸 못 먹어서 키가 덜 컸나 보다고.

나는 웃었다. 시리얼이라니.

"엄마, 그거 별거 아냐."

그리 귀한 것도 영양가가 많은 것도 아니고, 어려서 그게 부러웠던 적은 단 한 번도 없었다고 말했지만 엄마는 믿지 않는 눈치였다. 우유에 잠긴 시리얼을 골똘히 내려다보는 엄마는 정말 그 시절이 한스럽다는 표정이었다. 너희한테 장난감 한 번 못 사 준 거, 시리얼도 못 먹이고 키운 거 그게 여태 마음 아프다고. 자식은 잊어도, 부모는 못 잊는 법이라고.

언젠가 박막례 할머니 유튜브에도 비슷한 얘기가 나온

적이 있다. 장난감 유튜버 헤이지니를 만난 막례 할머니는 그녀의 널따란 장난감 창고를 구경하다 문득 장난감을 좀 살 수 있느냐고 물었다. 누구 선물해 주고 싶은데 골라 줄 수 있겠냐고. 할머니는 신중하게 세 개의 장난감을 골랐다. 이어지는 영상에서는 그날 저녁 집에 모인 자식들에게 장난감을 하나씩 나눠 주는 장면이 나온다. 현관문 앞에 선 막례 할머니는 이게 뭐라고 가슴이 벌렁벌렁한다고 말했다. 어려서 장난감 사 달라고 발을 동당(?)거리는데도 돈이 없어 못 사 준 게 여태 한이 된다고.

그리고 할머니가 건넨 장난감을 말없이 내려다보던 다 큰 아들들. 팽이 장난감의 포장을 끙끙대며 뜯은 쉰둘의 큰 아들은 거실에 팽이를 돌려 보며 아이처럼 웃는다. 그걸 보며 막례 할머니도 웃는다.

"너 그거 하니까 신나 보인다양?"

그 장면을 보다 이상하게 눈물이 났다. 누군가에게 한이 된 추억, 한이 된 물건들. 다들 그런 것을 하나씩 품고 살아가는지도 모르겠다.

강의 아버지는 겨울이면 모든 방에 발이 뜨끈뜨끈할 정도로 보일러를 돌린다. 그리고 냉장고 속에는 항상 시장에서 떼어 온 고기들을 가득 쟁여 놓는다. 겨울엔 누구도 춥지 않게 지내야 하고, 식구들이 다 같이 둘러앉으면 늘 넉넉히 구워 먹을 고기가 있어야 한다. 평생 춥게 살았던 것, 고기를 마음껏 사 먹지 못했던 것이 지금의 습관을 만들었다고, 언젠가 강이 말해 준 적 있다. 과거의 서러움은 그렇게 현재의 우리에게 영향을 미친다. 결핍이, 어쩌면 우리의 정체성이 되는지도 모르겠다.

비어 있는 부분을 채우려 애쓰는 사이,
그런 것을 중요히 여기는 사람이 되는지도.

엄마에게 맺힌 한과 달리, 내게 부족했던 것은 시리얼도 장난감도 아니었다.

생계만 있는 삶 말고 그저 시간을 누릴 줄도 아는 삶. 나는 오로지 그런 삶을 갖고 싶었다. 생일엔 케이크를 먹고 여름엔 휴가를 가고 크리스마스엔 트리를 만들고 싶었다. 특별한 날이 아니어도 가족들과 외식을 하는 쉽고도 어려운 삶을 꿈꿨고, 먹고사는 일에 치여 거추장스러운 것으로 여겨지던 사소한 다정함을 내내 갈구했다. 이를테면 야간 자율학습이 끝난 늦은 밤 캄캄한 시골길을 한참 걸어 집으로 돌아와야 하는 나를 누군가 마중 나오는 삶, 밥상 앞에서 쫓기듯이 밥을 먹고 먼저 일어나 버리는 게 아니라 마지막 한 사람이 밥을 다 먹을 때까지 기다려 주는 그런 삶. 지금 생각해 보면 못 해 주는 부모 마음이라고 좋았을 리 없는데, 그땐 왜 그런 게 서러울 만큼 중요했는지 모르겠다.

어쨌든 성인이 되면 그땐 정말 내가 바라던 인생을 살리라 생각했다. 그래서 멀리 멀리로 여행을 떠났고, 나를 마중 나와 주고 내가 밥을 다 먹기까지 자리를 뜨지 않는 다정한 사람을 만나 연애를 했다. 그 사람과 가족을 이룬 지금은 내가 바랐던 것들을 나에게 해 줄 수 있어서 좋다. 꽃 피면 꽃 보러 다니고, 매년 여름 휴가는 어디로 갈까 고민하고, 겨울엔 조그만 가짜 트리 위에 전구를 밝히며 살 수 있어서. 이것이 그저 내가 이루고 싶었던 삶의 전부구나, 종종 생각하기도 한다.

어른이 된다는 건 무엇일까? 어쩌면 우리는, 어린 우리가 그토록 바랐던 것을 스스로에게 주려고 어른이 되는 건지도 모르겠다. 과자를 사 먹지 못했던 아이는 나에게 과자를 사주는 어른으로 자라고(강은 동네 마트에서 세일하는 '빵빠레' 열 개를 산 날, 어른이 된 게 실감난다고 했다), 장난감을 가지고 놀지 못했던 아이는 원하는 장난감을 나에게 다 사 줄 수 있는 어른으로 자라고, 좁은 시골마을에서 살았던 아이는 낯선 나라를 여행하는 어른으로 자란다.

결국 우리는 스스로의 결핍을 채워 주는 사람으로 자라,
내 행복은 내가 책임지는 법을 익히게 된다.
어른으로 사는 기쁨은 아마 거기에 있을 것이다.

다음에 친구들을 만나면 물어보고 싶다. 너에겐 그게 무엇이었냐고. 어렸던 너는 무엇을 간절히 원해서 그 부분이 자꾸 자꾸 비어 갔고, 자라는 내내 그 부분을 채우기 위해 애썼느냐고. 그런 얘기를 나누다 막례 할머니의 쉰둘 먹은 아들처럼 물끄러미 팽이 같은 것을 바라보는 시간을 보내고 싶다.

나는 뽑기에서 꽝을 뽑아 놓고 다른 걸 한 번 더
뽑겠다고 우기는 애처럼 팔자를 고쳐 보려 했다.

작은 비구름의
슬픔

회사에 너무 다니기 싫었을 때(대표님 눈 감아), 아침에 출근하면서 이미 퇴근하고 싶었을 때, 친구가 신림에 가자고 했다. 그즈음은 출근만 하면 거의 누가 먼저 퇴사하나 배틀을 뜨는 기세로 현란하게 카톡을 하던 시기였다.

"신림엔 왜?"

"거기 내 멘토님이 있어."

친구는 사주 덕후였다. 누군가로부터 여기 좀 잘 맞추더라 하는 소릴 들으면 직접 방문해 보고서 오랜 공력을 통해 검증을 했다. 그리하여 검증에 통과된 분들을 마음속에 리스트업했고, 여기저기 멘토님을 저장해 두고 있었다. 인천 멘토님, 부산 멘토님, 수원 멘토님 하는 식으로.

그리하여 어느 금요일 저녁, 퇴근하고 만난 친구와 나는 신림 멘토님을 찾아갔다. 사주 사무실(?)은 지하엔 노래방, 1층엔 치킨집이 있는(과연 신림다운 입지) 건물의 2층에 있었다. 낡은 건물의 좁은 계단을 올라가니, 사무실인지 가정집인지 알 수 없는 공간이 나왔다. 그리고 아무도 없었다. 함께 간 친구가 헛기침을 하자, 안쪽 공간에서 안경을 쓴 할아버지 한 분이 나오셨다. 소문 속의 신림 멘토님이 분명했다.

멘토님은 우리를 왼쪽 방으로 안내했다. 그곳엔 드라마에 나오는 회장님이 쓸 것 같은 의자와 나무 책상 그리고 한자가 어지럽게 써진 책들이 놓여 있었다. 회장님 아니 멘토님은 건너편에, 우리는 그 앞에 앉았고, 어쩐지 긴장되는 분위기 속에서 나는 뭐에 홀린 것처럼 생년월일과 태어난 시를 읊었다. 멘토님은 마치 의사가 알 수 없는 전문 용어로 처방전을 적듯 일필휘지로 무언가를 적어 내려갔다. 그리고 이어진 충격과 공포의 내 팔자.

"흠… 소의 날에 태어났구먼."
"그게 무슨 뜻인데요?"
"소처럼 일할 거라는 뜻이지."
"네?!"

"말려도 안 돼. 쓸데없는 책임감 때문에 그렇게밖에 일을 못 하는 팔자야."

"아니 저는 회사를 그만두고 싶어ㅅ…"

"₩&@~# 비구름이네!"

"네?"

"작은 비구름 사주야."

"그건 또 뭔데요?!"

"비구름은 비구름인데… 너무 작아. 한자리에 잘 있질 못하고 여기저기 옮겨 다니며 비를 뿌리는데 별 영향력은 없어. 왜냐허믄, 작거든."

옆에서 친구가 웃음을 참는 게 느껴졌다. 어딘가 억울해진 나는 뭐라도 항변을 해야 했다. 소의 날에 태어난 작은 비구름으로 생을 마감할 순 없었다. 무엇보다 태어나 처음 보는 사주가 이런 것일 리 없었다!

"그럼 뭐, 큰 비구름도 있어요?!"

"있지. 그런 사람들은 미치는 영향력이 크지."

"근데 제 건 왜 이래요!"

나는 뽑기에서 꽝을 뽑아 놓고, 다른 걸 한 번 더 뽑겠다고 우기는 애처럼 팔자를 고쳐 보려 했다. 멘토님은 단호했다. 그의 말인즉슨 사주란 본디 한 사람의 오행과 가장 비슷한 것을 자연에서 찾아 내어 비유적으로 일러주는 것이란다. 그러니까 내 사주의 여덟 자를 이리저리 풀면 겨우 '작은 비구름'이 나온다는 얘기였다…. 믿을 수가 없어 강의 사주도 대 보았는데, 강은 분하게도 '큰 나무' 사주였다.

"그건 어떤 건데요?"

"큰 나무는 그늘이 아주 너르지. 가만-히 있어도 사람들이 모여드는 사주야. 나중에 사업 같은 걸 하면 잘 될겨. 그런데 우리 손님은 그 일을 같이 하지 말어."

"왜요?"

"소처럼 일만 하게 되니께."

친구가 다시 한번 웃음을 참고 있었다.

"큰 나무가 사업을 해도 옆에서 다른 일을 해. 안 그럼 혼자만 또 일을 다 하게 될 팔자니까."

"저는 작은 비구름이고, 애는 큰 나무면 그건 무슨 궁합인데요?"

"뭐어… 말하자면 큰 나무한텐 작은 비구름이 별 필요가 읎지. 비를 뿌려도 워낙 쩨깐하니까. 별 도움이 안 돼. 딱 보니까 이짝이 더 좋아하는구먼, 신랑을."

"아니, 아닌데요?! 완전히 반댄데요?"

그 이후론 뭐 거의 항변만 하느라 별로 기억에 남는 것도 없다. 처음 받아 본 사주가 그 모양이라니. 나는 그냥 "저, 이직해도 될까요?" 쿵 하고 물으면, "그려, 올해 옮기면 더 좋은 기회를 만날겨!" 짝 하고 돌아오는 소릴 바랐을 뿐인데. 어디 인생이 그리 호락호락한 것인 줄 알았냐는 듯, 고민 덜러 왔다가 팔자 근심만 얻어 버렸다.

친구는 그 뒤로 아침 출근길마다 메시지를 보낸다.

"작은 비구름아, 오늘도 좋은 하루 보내. 너무 열심히 하지 말고. 어차피 별 영향도 없을 테니까…."

이모티콘 하나 안 쓴 채팅 창에서 웃음소리가 들리는 건 기분 탓일까. 기분 탓이라고 해 두자.

연말은 역시 좋은 것이다. 무언가를 다짐하고,

오지 않은 시간을 기대하는 마음을 가질 수 있으니까.

이 구역의 다짐 왕이
추천하는 새해 빙고

몇 년 전 늦가을이었을 것이다.

달력을 보다 문득 '아, 오늘부터 11월이 되었구나' 깨달은 순간 가슴이 설레었다. 그 설렘을 놓치기라도 할 세라 SNS에 글을 남겼다.

"신난다! 11월 1일이다! 오늘부터 12월 31일까지 술 마실 수 있겠네."

친구들의 'ㅋㅋㅋㅋㅋㅋㅋㅋ' 사이로, 졸업하고 도통 얼굴을 보지 못하고 사는 선배가 댓글을 남겼다.

"아직도 그러고 사니…."

랜선으로 혀 차는 소리가 들려오는 것 같은 공감각적 댓글이었다. 술 사 줄 것도 아니면서 잔소리하는 건 인류의 유구한 역사 속에서 반복되어 온 반칙이 아니던가…. 하지만 연말 한정 관대한 마음으로 사뿐히 그 댓글에도 '좋아요'를 눌러 주었다. 역시 연말은 좋은 것이다. 나에게도 남에게도 관대해지니까. 관대함으로 빚어진 인간들인 양 술잔을 기울이며 내년이라는 미래를 도모할 수 있으니까.

바야흐로 12월, 반성과 다짐의 달이 돌아왔다.

나 같은 프로 다짐러에게 연말은 어쩔 수 없이 마음이 들뜨는 시즌이다. 지난 달력을 뜯어 버리듯 망한 올해를 서둘러 버리고, 새로 산 다이어리처럼 마음에 드는 새해를 준비할 수 있(다고 믿을 수 있)어 좋다. 비장한 마음으로 몇몇 송년회를 거치며 파이팅을 다진다. "그래, 올해는 이 정도면 됐어. 무엇보다 내년이 있잖아!" 하고. 아직 오지 않은 새해엔 어쩐지 뭐든 해낼 수 있을 것만 같아서, 계획을 세우는 것만으로 이미 반은 이룬 심정이 된다.

올해의 나는 '매일 일기 쓰기'를 해내지 못했지만, 부지런하고 총명하고 야무진 내년의 나는 분명 매일 일기를 쓸 것이다. 올해의 나는 '영어 회화 마스터'라는 창대한 계획을 비록 1월 5일까지 실천했지만, 내년의 나는 유창한 영어를 뽐낼 게 분명하다. 그럼 여행지에서 만난 외국 친구들과 미드 속 주인공들처럼 수다를 떨 수 있겠지. 누군가의 초대에 쭈뼛대며 내일 떠난다고 거짓말할 일도 없겠지. 내년의 나는 일찍 일어나는 새가 될 예정이니 요가도 3개월짜리로 끊을 것이다. 요가를 하는 동안 심신이 두루 수련되어 마음엔 평화가 깃들 예정이다. 그럼 짜증도 덜 내고 엄마한테 못된 말도 덜 하겠지. 착하고 기특한 내년의 나….

1년마다 삶을 '새로 고침' 할 수 있는 기회가 온다는 건 얼마나 다행한 일인지. 덕분에 우리는 매년 12월이 돌아오면 31일까지 흥청망청 놀고, 1월 1일 00시부터 새 마음 새 뜻으로 태어날 수 있는 것이다! 새해 카운트다운은 상냥한 목소리로 귓가에 속삭이는 것만 같다.

자자, 지금까지 있었던 일은 다 없던 걸로 하고,
1월 1일부터 새로 시작하면 됩니다.

연말을 몹시 애정하는 나는 3년 전부터 친구 Y와 특별한 연례 행사를 하나 더 마련했다. 바로 '새해 빙고'를 만드는 일이다. 스무 살에 대학에서 만난 우리는 둘째가라면 서러울 계획쟁이들이지만, 서른을 넘기면서 점차 다짐뿐인 스스로에게 지쳐 가기 시작했다. '다짐은 내가 할게, 실천은 누가 할래?' 식의 안일한 정신으로는 매년 도돌이표 같은 반성을 하게 될 게 분명했다. 그리하여 서로의 계획을 응원하고 점검해 줄 수 있는 빙고를 만들어 보기로 했다.

새해 빙고의 규칙은 간단하다. 3×3, 5×5 등 원하는 대로 칸을 그린다. 그런 다음 새해에 내가 하고 싶은 일, 이루고 싶은 목표, 꼭 포함시키고 싶은 계획 같은 것을 칸칸이 채워 넣는다. 실제로 한 해를 살면서 가로, 세로, 대각선 어느 줄이든 먼저 채우는 쪽의 소원 들어주기! 먼저 "빙고!"를 외치지 못해도 상관없지만, 혼자보다 둘이 나은 이유는 알다시피 우리의 의지란 너무 작고 귀여워 강아지풀처럼 흔들리기 때문이다. 다행히 둘이 하면 서로의 빙고를 틈틈이 점검할 수 있으리라 여겼다. 빙고는 잘돼가? 몇 개나 했어? 하고.

아무튼 그해는 우리의 새해 빙고가 창시된 기념비적인 해였다. 12월의 마지막 날을 '빙고의 날'로 지정한 우리는 좋아하는 카페에서 만났다. 평소 준비성이라곤 찾아볼 수 없었던 Y는 대형 서점 지류 코너에 미리 들러 좋아하는 컬러의 종이를 사 오는 정성까지 보여 주었다.

우리는 중요한 작당을 하러 모인 사람들처럼 카페 테이블에 머리를 맞대고 앉았다. 색연필과 사인펜으로 삐뚤빼뚤 빙고 판을 그리고, 한 달간 고민하며 수첩에 모아온 계획들을 채워 넣었다. 내일이라도 당장 해치울 수 있는 일부터 과연 한 해가 끝나기 전까지 할 수나 있을까 싶은 것까지 다양했는데, 그걸 적고 앉아 있는 시간이 그냥 좋았다. 해마다 12월이 오면 이런저런 계획들을 서로에게 떠들어 대던 스무 살 무렵으로 돌아간 듯한 기분도 들었고.

그리하여 연말이 되었을 때, 그 빙고는 어떻게 되었느냐면……

무려 한 줄도 지우지 못했다. 물론 이룬 목표와 실행한 계획들도 있지만, 그래 봤자 한 줄에 두 개 정도라 좀처럼 다섯 칸을 지우기가 힘들었다. 5×5라니, 1년이 365일이니 스물다섯 개의 계획쯤 너끈하게 해낼 거라 예상했던 그맘때의 나를 규탄한다(매번 속으면서 내가 또 이렇게 나를 믿고 그런다…).

그 과정에서 지난 빙고의 맹점도 알게 되었는데, '매일 일기 쓰기' '자기 전 30분 독서' '매일 아침 요가하기'처럼 12월 31일에 이르러서야 X 표시를 할 수 있는 목표는 곤란했다. 그런 것은 1년을 두고 진행해야 하는 장기 프로젝트여서 나 같은 단기 의지를 지닌 사람에게 적합하지 않았다. '맥주 줄이기' '문화생활 많이 하기'처럼 구체적이지 못한 계획도 곤란했다. 이런 시행착오를 거쳐 지금은 의지를 조금만 북돋우면 달성할 수 있는 일회성 혹은 단기 목표들로 3×3 빙고 칸을 채워야 한다는 걸 깨달았다. 엄마 아빠랑 국내 여행 가기, 베프랑 제주도 다녀오기, 요가 3개월 다니기 등등.

연말은 역시 좋은 것이다. 무언가를 다짐하고, 오지 않은 시간을 기대하는 마음을 가질 수 있으니까. 이루지 못한 것들에도 불구하고 빙고를 만드는 동안, 또 1년 내내 책상 앞에 붙여 두고 들여다보는 동안 일상이 좀 더 촘촘하게 흘렀다. 결국은 그런 마음이 중요하다고 생각한다.

내 일상을 그냥 흐르게 두지 않겠다는 마음,

지난해보다 조금 더 나은 사람이 되고 싶다는 기대,

누구의 뜻도 아닌 내 뜻대로 행복해지겠다는 의지.

한 줄도 긋지 못했지만 그래도 몇 개의 × 표시가 있는 지난 빙고판을 바라보고 있으면 '1년을 헛살진 않았구나' 하는 생각도 든다. 내년에도 내 마음을 따라 내 빙고에 집중하며 한 해를 보내야지.

혹시 여기까지 읽고서 나도 새해 빙고 도전? 생각하게 되었다면 빙고! 초심자에게는 3×3 빙고를 추천합니다. 새해마다 우리 좋은 다짐들과 좋은 실천들을 해 보아요.

Part 2

평일도
인생이니까

내가 머물렀던 곳의 풍경 하나라도 제대로 기억하는
것이 사라진 세계에 대한 예의라고 믿는다.

유의미한
날들

주말 오후면 내 방 창가에 앉아 바깥을 내다본다. 우리 집은 세 채의 빌라 건물이 나란히 ㄷ자를 이룬 골목의 제일 안쪽에 위치해 있다. 처음 집을 보러 왔을 때, 부동산 아저씨는 엘리베이터 없는 5층 빌라의 5층 집이란 것을 유일한(?) 단점처럼 얘기했지만, 나는 그 점이 특히 마음에 들었다. 지금껏 자취방을 옮겨 다니며 층간 소음이 어떤 건지 경험하지 못했는데, 이는 순전히 내가 꼭대기 층을 옮겨 다니며 살았기 때문이었다.

그걸 깨달은 후로 여름엔 덥고 겨울엔 춥다는 꼭대기 집의 단점보다 장점을 사랑하게 되었다. 머리 위로 누군가의 살림집이 아닌 지붕만을 이고 있다는 것. 낮은 층보다 좀 더 나은 조망을 갖고 있다는 것. 그것만으로 충분했다. 이 집 역시 층간 소음도, 엘리베이터 오르내리는 소리도 없이 조용할 테고, 계단을 오르는 동안 운동도 될 테니 좋겠지, 싶었다.

그렇게 이사 온 집에서 산 지 5년째. 골목 쪽으로 창이 나 있는 작은 방을 서재로 꾸미면서 책상을 창문 바로 옆에 두었는데, 그래서 책상에 앉아 있을 때면 이 골목에서 일어나는 거의 모든 일들을 지켜볼 수 있다. 주차로 인한 크고 작은 다툼도, 매일 작은 개를 데리고 나와 건물 앞에서만 목줄을 풀어 주고 산책하게 하는 할머니도, 앞집 빌라 주인이 건물 앞에 내놓은 화분에 물을 주는 모습도 지켜볼 수 있다. 커다란 승합차를 늘 건물 옆에 비스듬하게 대는 인테리어 가게 아저씨도 있다. 그 비스듬함이 자주 주차 시비를 불러 일으킨다. 이름은 모르지만, 어떤 생활의 풍경을 이루고 사는지는 아는 이웃들의 주말이 같은 듯 조금씩 다르게 골목 안쪽에서 이어진다.

얼마 전부터는 큰길 건너 아파트 단지에 재건축 공사가 시작되어 타공 소리에 아침잠을 깬다. 오래된 아파트 옆으로는 봄이면 커다란 벚나무들이 일제히 꽃을 피워 올려서 일부러 꽃을 보려고 멀리 있는 슈퍼에 다니곤 했다. 재건축이 시작된다는 말만 들었는데, 어느 날 공사장 가림막이 모든 풍경을 가려 버렸다. 무슨 일이 일어나는지도 모르고서 늘 다니던 길로만 걷다가 한번은 가림막 사이로 안쪽을 들여다본 적이 있다. 수십 채의 건물이 무너져 폐허가 된 자리는 텅 비어 있었다. 세월이 가늠되지 않던 커다란 나무는 한 그루도 남아 있지 않았다. 오랜 세월 천천히 빛바래 해질녘이면 색깔이 더 고와지던 아파트 외벽은 흙먼지가 되어 있었고, 가운데가 움푹 꺼져 들어간 너른 땅은 모든 게 끝나 버린 폐허 같았다. 내가 살던 아파트도 아니었는데 그 풍경은 한동안 충격이었다. 그 후로는 한 번도 그 길로 다니지 않았다. 다닐 이유가 없어진 길이 됐다.

그 후로 매일이 공사 소리였다. 다 잊었다는 듯, 여긴 원래 아무것도 없었다는 듯, 새로운 것을 지어 올리는 소리. 새삼 슬퍼할 일도 아닌 걸까. 스무 살에 자취를 시작한 이래로, 언제 서울이 공사 중이 아니었던 시절이 있었던가 싶다. 내가 살던 집 근처로는 늘 무언가가, 아파트가 아니면 상가가, 상가가 아니면 신축 원룸이 올라가고 있었다. 아침마다 공사 소음에 화들짝 꿈에서 내쫓기며 눈뜨던 날들. '또 시작이네…' 하고 마지못해 시작하는 하루는 어쩐지 기운이 없었다. 늘 무언가 부서지고 새로 지어지는 도시. 그건 어느 동네에서도 예외 없이 펼쳐지는 풍경이었다.

그런 도시에 살다 보니 동네 풍경도 자주 바뀐다. 있던 가게가 없어지고, 없던 가게가 생기고, 공사가 시작되고, 공사가 끝난다. 그 와중에 바뀌지 않는 가게는 점차 혼자서만 친밀하게 여기는 풍경이 되어 간다. 집 앞 골목에서 오른쪽으로 꺾어 조금만 내려가면 학교 운동장이 나오고 그 맞은편엔 허름한 오토바이 가게가 있다. 이 동네의 모든 배달 오토바이는 그리로 모여든다. 사소한 고장도, 더는 손쓰지 못할 만큼 큰 고장도 아저씨의 손을 거치면 금세 해결이 된다. 차가 없던 시절 출·퇴근에 쓰던 스쿠터를 아직 가지고 있는 강은 엔진 오일을 갈아야 하거나 스쿠터가 목 막힌 듯 답답한 소리를 낼 때면 아저씨를 찾는다. 과묵한 아저씨는 스쿠터를 슥 쳐다만 보고도 문제를 진단할 수 있을 만큼 베테랑인데, 그러면서 늘 노임은 제대로 받지도 않는단다. 어느 날은 인터넷 최저가로 검색해 본 부품 값보다 적은 돈을 부르던 아저씨에게 웃돈을 주기도 했다는 말을 한 적도 있다.

아저씨는 수리를 마친 오토바이가 제대로 굴러가는지 꼭 시험 운전을 해 본다. 출·퇴근길이나 마트에 갔다 돌아오는 길에 이 골목의 끝에서 저 골목의 끝까지 부릉- 하고 테스

트 운전을 해 보는 아저씨를 종종 목격한다. 이상한 일이다. 그 모습을 볼 때마다 내 마음속엔 알 수 없는 평안이 깃든다. 나야 할 소리가 제대로 나는 오토바이에도, 문제를 해결해 상쾌하다는 표정이라곤 한 번도 짓지 않는 아저씨의 심상한 얼굴에도, 설명할 수 없는 평안이 있다.

아마도 평생 동안, 매일 같은 일을 반복해 온 사람이 여전히 그 일에 대한 성실함을 내려놓지 않고 반복하는 모습. 다시 본래의 일터로 돌아가 이 동네 곳곳을 누비게 될, 저마다 다른 색깔의 오토바이들. 나는 멀쩡해진 그 오토바이들이 아저씨의 가게 앞을 지날 때면 속으로 반가워하지 않을까 상상하기도 한다. 경적을 울리고 싶겠지. 빵빵! 저 잘 있어요! 빵빵! 덕분에 개운해졌어요! 아저씨는 그런 줄도 모르고 여전히 새로 수리 들어온 오토바이를 묵묵히 고치고 있겠지만.

반복되는 일상에는 무엇이 들어 있을까? 내가 이 동네에 와서 좋아하게 된 것엔 어떤 것들이 있나 가만 생각해 보면, 그냥 사소한 풍경들이 전부다. 별것 아닌 풍경들. 하지만 언젠가 이 동네를 떠나게 되면, 이곳에서 보낸 한 시절의 인상으로 남게 될 풍경들.

여기는 뭐든지 너무 빨리 잊고,

저는 이름 하나라도 제대로 기억하는 것이

사라진 세계에 대한 예의라고 믿습니다.

– 조해진, 《단순한 진심》 중에서

내가 머물렀던 곳의 풍경 하나라도 제대로 기억하는 것
이 사라진 세계에 대한 예의라고 믿는다. 그래서 문득 걸음
을 멈추게 하는 풍경을 만나면, 더 자주 보려 하고, 사진을
찍어 두고, 그럴 수 없는 곳은 마음속으로 몇 번이고 그림을
그리듯 일기를 써 둔다. 언젠가 사라질 세계를 미리 기억해
두려고.

토요일인 오늘은 날이 맑고, 바람은 잔잔하고, 골목은 고
요하다. 창밖으로는 내가 잊어버릴지도, 어쩌면 오랜 시간이
지난 후에도 기억할지 모를 또 다른 하루의 풍경이 조용히
그려지고 있다.

출·퇴근하며 입버릇처럼 "빨리 토요일 되면 좋겠다"

라고 하는 순간 평일은 인생에서 지워지는 것처럼.

평일도
인생이니까

3월의 어느 주말, 수목원에 다녀왔다. 친구가 무려 1년 전에 선물로 준 수목원 입장권이 3월 31일로 만료를 앞두고 있었기 때문이다. 건네받을 때만 해도 언제 가면 좋을까, 봄꽃을 보러 갈까, 단풍을 보러 갈까 기분 좋은 고민을 했지만 그건 내가 어떤 사람인지 또 까먹고서 한 고민이었다. 모든 공짜 티켓은 기한 만료 직전이나 기한이 지나고 나서야 그 존재를 알아차리게 된다. 그 전엔 부러 눈에 띄게 하려고 지갑에 넣어 두거나 책상 앞 코르크 보드에 꽂아 놔도 투명 티켓처럼 도무지 보이지가 않는다(초대권의 법칙이라도 있는 걸까).

이번엔 모처럼 때를 놓치지 않을 참이었다. 도로는 주말답게 붐볐다. 집을 나선 지 두 시간이 지났건만, 거북이 운전으로 반도 못 온 상황이었다. 꽃도 안 폈는데 이 많은 사람들은 대체 뭘 보러 집을 나선 걸까. 애꿎은 나들이객 탓을 하며 보조석에 앉아 손톱을 잘근잘근 씹었다. 이렇게 막힐 줄 알았으면 그냥 하루 연차 쓰고 평일에 갈걸. 아니 그냥 집에서 쉴걸. 공짜 티켓이 뭐라고. 집에 있었으면 지금쯤 몸도 마음도 아주 편했을 텐데.

오랜만에 놀러 나선 길이 꽉 막히니 출발한 것부터가 후회스럽고, 눈앞에 보이는 웬만한 것은 다 원망스러웠다. 막히는 차들 사이사이를 누비며 뻥튀기를 흔드는 손길도, 앞 차에서 흘러나오는 쩌렁쩌렁한 노랫소리도, 찌뿌듯하게 흐려지는 게 곧 비를 쏟을 것 같은 하늘도. 망했다. 다 망했어. 나는 되는 게 없어.

이럴 땐 후회를 입 밖으로 내뱉어 옆에 있는 사람도 함께 후회하게 만드는 게 내 특기다.

"괜히 나왔다, 그치." "다 나 때문이야, 내가 진작 가자고만 했었어도…." "그냥 지금이라도 돌아갈까? 세 시간 걸리는 것보다 지금 돌아가는 게 나을 수도 있어!"

황금 같은 토요일 오후의 두 시간을 길바닥에 버리고 있는 내 자아는 작아지고 작아져서 조수석 앞 글로브 박스에

라도 욱여넣을 수 있는 크기가 되었다. 그러거나 말거나 라
디오에서 나오는 노래를 따라 흥얼거리던 강이 말했다.

"괜찮아, 가는 길인데 뭐. 이것도 여행의 일부라면 일부지."

강은 가끔 아무렇지 않게 그런 말을 한다. 수시로 기우뚱
거리는 나를 대신해 시소 위에서 그때그때 앞으로 두 칸, 뒤
로 한 칸씩 옮기며 삶의 균형을 잡아 주는 말을. 듣고 나면
늘 이 상황이 별거 아닌 것처럼 여기게 하는 말을. 한 시간
남짓이면 갈 수 있을 줄 알았는데 서울을 출발해 막히는 도
로 위에서 보낸 시간이 세 시간을 넘어서고 있었다.

강의 말을 곱씹는 동안 생각했다. 이 세 시간을 "버렸다"
고 말하지 않는 사람이고 싶다고. 지금 차 안에서 보내는 시
간도 나의 주말, 나의 토요일이었다. 엄연히 내 인생의 세 시
간이고. 그런데 나는 왜 자꾸 이런 시간을 버렸다고 생각하
는 걸까?
언제부턴가 버스 안에서, 기차 안에서, 비행기 안에서 보
내는 시간을 힘들어하게 되었다. 그건 아마 견디는 시간이

라고 생각해서일 거다. 예전의 나는 여기에서 저기로 가는 시간을 그 나름대로 보낼 줄 아는 사람이었는데 마음이 자꾸 비좁아진다. 어쩌면 과정보다 도착이 중요하다고 여기는 어른이 되어 버린 건지도 몰랐다.

목적지에만 진짜 의미가 있다고 생각하지 않는 것. 인생을 중요한 이벤트가 있는 순간과 그렇지 않은 순간으로 구분하고, 나머지 날들을 '아무것도 아닌' 시간들이라 치부하지 않는 것. 내게 필요한 건 그런 것이었다. 생각해 보면 삶의 시간이 다 그렇다. 대학에 합격하기 전, 취업하기 전, 이런 식으로 시간을 나누어 놓고 그 전의 시간을 다 '준비' 시간으로 여기면 우리 앞에 촘촘히 놓여 있는 시간이 불행해질 수밖에 없다.

출·퇴근하며 입버릇처럼 "빨리 토요일 되면 좋겠다"라고 하는 순간 평일은 인생에서 지워지는 것처럼. 그건 참 이상한 말이다. 그럴 때 우린 월·화·수·목·금요일을 대체 뭐라고 생각하는 걸까? 주말에 도착하기 위해 버리는 날들? 빨리 지나가 버렸으면 싶은 벌칙 같은 시간?

행복한 순간 앞에서 우리는 지금 이 시간이 흐르는 것을 아까워한다. 하지만 어쩌면 그런 식으로밖에 시간을 소중히 여길 줄 모르는 게 아닐까? 그 외의 시간들을 하찮게 대할 때, 우리가 버리고 있는 건 시간이 아니라 인생인데도. 그동안 숱한 평일을 인생에서 지우며 살아오고 있었던 나처럼.

　물론 삶에는 그냥 흘러가는 시간도 있다. 기다리거나 견뎌야 하는 시간도 있다. 중요한 것은 그게 결코 버리는 시간이 아니라는 것을 깨닫는 일이다.

　잎을 다 떨군 나무에게 겨울은 버리는 시간일까? 벚나무는 꽃이 지고 난 뒤 사람들이 무슨 나무인지도 몰라주는 나머지 세 계절을 버리며 살까? 그렇지 않다. 나무는 나무의 시간을 살 뿐이다. 벚나무는 한 철만 살아 있는 게 아니라는, 인생은 수많은 월화수목금토일로 이루어져 있다는 당연한 사실을 깨닫기 위해 그 주말 나는 꽉 막힌 도로에서 봄의 한나절을 지켜보았는지도 모르겠다.

가지 않은 길을 생각하고 어디 먼 데를 바라보는

대신 내 발밑을, 나를 둘러싼 반경 5미터 안의

세계를 좀 더 자세히 들여다보는 사람이고 싶다.

Today is better
than tomorrow

어렸을 때, 나는 늘 궁금했었다. 왜 내 인생에만 아무 일도 일어나지 않는지. 내가 보는 이야기들은 모험으로 가득 차 있는데, 왜 나는 비슷비슷한 찌개에 밥을 먹고 엄마가 걷으라는 빨래를 걷으며 하루를 보내야 하는지. 조금 더 자라 독립을 하고 서울로 온 뒤에는 왜 내 일상엔 서정이 없는가 생각했다. 심심하고 차분한 단편영화 속 주인공처럼 살고 싶었다. 유리병 속 보리차처럼 정갈한 일상. 아침이면 창문을 활짝 열고 골목길을 내다보며, 오후엔 나무가 많은 동네 공원을 산책하다가 단골 카페에 들러 잠깐 담소를 나누고 집으로 돌아오는 그런 일상을 갖고 싶었다.

물론 내 일상은 숙취에 찌들어 겨우 눈을 뜬 채 얼룩덜룩한 천장을 올려다보며 머릿내가 밴 이 베개를 언제 빨아야 할까 고민하는 것이었지만. 영화나 드라마 속 인물들의 삶이 나와 별반 다를 바 없이 넉넉지 않을 때도, 왜 그들은 궁상맞지 않은가가 늘 궁금했다. 내 삶은 눅눅한 냄새가 나는데 그들의 삶은 볕에 내놓은 이불처럼 기분 좋은 생활의 뉘앙스를 풍기고 있었다.

삶에서 환상과 낭만을 걷어 낼 줄 아는 나이가 되었을 때부터는 막다른 골목에 이른 사람처럼 본격적인 후회를 시작했다. 그때 그랬더라면, 나는 다른 삶을 살게 되었을까, 하는 후회들. 긴 여행에서 돌아오지 않았더라면, 첫 직장을 다른 곳으로 골랐더라면, 그때 그 제안을 받아들였더라면, 좀 더 자유롭게 살기를 택했더라면, 그런 식으로 이어지는 숱한 가정들. 그랬다면 나는 지금, 다른 삶을 살고 있지 않을까 하고.

인생의 어느 지점을 돌아보며 하는 후회는 사실 누구에게나 있을 것이다. 현실에 두 발을 단단히 붙이고 산다는 건 그만큼 힘든 일이다. 반대로 말하면, 현실에 발붙이고 싶지 않을 때마다 후회란 녀석이 고개를 드는 거라 할 수도 있다. 그러니까 후회는 대체로 비겁한 순간에 찾아오더라. 지금의 내 인생이 마음에 들지 않을 때, 지금이 나의 최선이란 것을 인정하고 싶지 않을 때, 지금을 해결하기보다 쉽게 과거를 후회하는 쪽으로 빠지곤 한다.

하지만 이제 그런 가정은 지워 버리고 현재에 책임감을 갖는 사람이고 싶다. 가지 않은 길을 생각하고 어디 먼 데를 바라보는 대신 내 발밑을, 나를 둘러싼 반경 5미터 안의 세계를 좀 더 자세히 들여다보는 사람. 내 일상을 인생으로 받아들이기까지 이토록 오랜 시간이 걸렸다. 지금은 이것이 유일한 나의 인생이라는 것을 안다. 아침에 일어나 마음을 다잡고(다잡아야 한다) 출근하고, 출근해서 내 몫의 일들을 처리하고, 퇴근하면 집에 돌아와 직접 지은 밥을 먹고, 읽고 싶은 책을 읽거나 쓰고 싶은 글을 쓰면서 아무도 봐 주지 않아도 만족할 수 있는 일상을 사는 것.

동시에 내가 좋아하는 일을 하면서 내가 좋아하는 인생을 살기 위해 노력한다. 그래야 나의 콤플렉스로 남들을 괴롭히지 않을 테니까. 내가 선택한 것에 대해서는 핑계도 대지 않고 불만도 만들지 않으려고 노력한다.

　　　　　　　－ 한수희, 《무리하지 않는 선에서》 중에서

나는 이 문장이야말로 어른의 태도라고 생각한다. 어른은 그저, 내 인생을 내가 좋아할 수 있는 인생으로 만들며 살면 된다. 나를 나답게 만드는 집에 살면서, 나를 나답게 만드는 친구들을 곁에 두고, 나를 나답게 만드는 일을 하면서. 화려해지려고, 남들에게 인정받으려고 기를 쓰는 대신 평범한 일상에서 내가 누릴 수 있는 즐거움을 찾으면 된다. 내 인생 최고의 순간은 아직 안 온…… 게 아니라 안 온다. 당연하다. 그런 건 없으니까.

Today is better than tomorrow.

치앙마이의 어느 사원을 걷다 이런 문장을 만난 적 있다. 팻말 위에 붉은 글씨로 쓰인 문장은 커다란 나무에 마치 명찰처럼 걸려 있었다. 나무가 전하려는 말이기라도 한 것처럼. 그건 내일은 오늘보다 좋지 않을 거라는 뜻이 아니라, 내일을 기다리는 대신 오늘을 살라는 말이었다. 처음 본 낯선 문장이 좋아서 몇 장의 사진을 찍었던 기억이 난다.

앞으로도 나는 평범한 인생을 살게 되겠지. 그 평범한 인생을 회한 없이 돌아보고 싶다. 지금의 나는 인생에 특별한 모험이 일어나길 가만히 기다리던 열 살도, 남들의 좋아 보이는 일상을 부러워만 하던 스무 살도 아니니까.

오늘은 퇴근길에 편의점에 들러 네 캔에 만 원 하는 맥주를 종류별로 샀다. 치킨을 시킬까 하다가 시골집에서 부쳐 준 표고버섯이 생각났다. 버섯을 토각토각 썰어 딱 맛있을 만큼만 구워 낸 다음, 소금 뿌린 참기름에 찍어 먹으면 최고의 맥주 안주가 된다. 이번 주 마감도 무사히 치러 냈고, 내일은 약속 없는 토요일이다. 코인 세탁소에 가서 겨울 이불을 빨고 오후엔 원두를 사러 나가야지. 이걸로 된 건가? 물으면 내 안에서 이걸로 됐다! 대답한다. 그럼 정말로 됐다.

평범한 인생을 특별히 소중하게 여기며
내일보다 좋은 오늘을 살아가고 싶다.

그냥 좋아지는 것은 없다.

무엇이든 관심을 가져야 좋아진다.

그게 방이든, 일상이든, 삶이든.

어디든
내 방이라고 생각하면

　　평창 동계 올림픽 때 경기장 주변 꽃가게의 매상
이 올랐다는 뉴스를 본 적 있다. 시상식용 꽃을 근처에서 구
매하기 때문인가? 기사 제목을 보고서 혼자 이런저런 짐작
을 했는데 이유는 의외였다. 외국에서 온 선수들이 숙소 방
에 꽂아 둘 꽃을 사기 때문이란다.

　신기록을 내거나 메달을 겨루러 와서는 이 무슨 낭만 타
령인가 싶어 너무… 좋았다. 그런 사람들은 잠시 머무는 이
곳을 결코 대충 대하지 않는 사람들일 것이다. 이곳을 임시
로 머무는 곳, 금세 떠날 곳, 그러니까 원래의 삶에는 포함시
키지 않을 곳이라고 여기지 않는 그들은 일상과 비 일상을
나누어 어느 한 쪽을 홀대하는 대신 지금 머무는 곳에서도
삶이 계속 이어진다는 걸 안다. 그런 마음으로 숙소의 미니

테이블에 꽂아 둘 꽃을 사고, 내 식대로 물건을 재배치하고, 비로소 이곳에서 '살아 볼' 준비를 하는 건지도.

내가 좋아하는 일러스트레이터 (홍)화정 씨는 언젠가 발리 여행을 떠나 이런 만화를 그린 적 있다. 복층 숙소에서 동행은 1층을, 자신은 2층을 썼는데 짐을 풀고 1층으로 내려가니 누가 봐도 그 사람 자리다 싶은 공간이 생겨 있었다고. 그림 속 좌식 탁자 위에는 작은 캔들과 수첩, 펜과 연필 등이 정갈하게 정리되어 있었고 책상 앞 벽면엔 두 장의 엽서가 나란히 붙어 있었다. 자리의 주인은 아마도 이 분위기를 닮아 있는 사람일 것이다. 그녀는 그날의 일기에 이렇게 썼다. 여행지의 숙소에서 그냥 자기 짐을 풀어 놓는 것과 그 사람의 동선과 패턴이 느껴지는 건 좀 다른 일인데, 동행은 후자에 속하는 것 같다고. 자기가 뭘 좋아하고, 뭘 하면 편안한지 알고 있는 사람일수록 어떤 '자리'를 구성하는 데 오랜 시간이 걸리지 않는 것 같다고.

몹시 그렇다는 생각을 하며 고개를 끄덕거렸던 기억이 난다. 그건 여행에서도 반드시 루틴을 유지해야 해서 자기가 쓰는 드라이어나 입욕제를 챙겨 가는 것과는 조금 다른 일이다. 어디서든 자신의 자리를 만들 줄 아는 사람이라면 아무

짐도 필요하지 않을지 모른다. 빈손으로 도착하더라도 현지
에서 얼마든지 자신을 닮은 공간을 꾸려 낼 수 있을 테니까.

지나는 주변으로 향기를 남기듯 자연스럽게 자신만의 반
경을 만드는 사람. 어디에 도착하더라도 자신을 놓치지 않
고 사는 사람. 그런 사람을 바라보는 것만으로 마음이 편안
해진다. 네 개의 다리가 흔들림 없이 균형을 이루는 의자처
럼. 어떤 울퉁불퉁한 삶의 표면 위에서도 결국 안정감 있게
서고 마는 그런 의자처럼.

> "한국에서는 혼자 사는 사람들이 자신만의 집에 크
> 게 관심을 가지지 않아요. 온전히 내 집이 아니니
> 까 스쳐 지나가는 것이라고 생각하는 거죠. 무엇이
> 든 관심을 가져야 좋아져요. 청소도 열심히 하게
> 되고 무엇을 두면 예뻐질까 머리를 쓰게 되는 거
> 죠. 그럼 어떤 향기가 나면 좋겠다, 까지 생각이 미
> 치게 되고요."

> ‑ <VENUE> Volume. 2 중에서

공간 디렉터 최고요는 인터뷰에서 이렇게 말한 적이 있다.

기억해 두고 싶은 말이다. 그냥 좋아지는 것은 없다. 무엇이든 관심을 가져야 좋아진다. 그게 방이든, 일상이든, 삶이든.

잠시 머무는 곳을 내가 좋아할 수 있는 공간으로 꾸미는 것. 바쁘다는 핑계로 대충 사는 대신 일상에 소소한 아름다움을 더하는 것. 그것은 아주 작은 차이 같지만, 일상을 대하는 태도가 결국 인생을 대하는 태도라 생각하면 그리 작은 차이는 아니다. 하루 꼬박 여덟 시간을 보내는 사무실 책상을 자기답게 꾸미는 사람이 있고, 2년 계약의 전셋집을 자기 취향대로 가꾸는 사람들이 있다.

그건 결국 자신의 삶에 대한 존중일 것이다. 내가 어떤 공간에서 편하게 머물고, 어떤 디테일들을 좋아하는지 오랜 시간에 걸쳐 알아낸 뒤 스스로에게 조금씩 그런 환경을 만들어 주는 일. 아무거나 먹고 아무 물건이나 곁에 두고 아무렇게나 하루를 여닫는 것이 아니라, 신선한 것을 먹고 아름다운 것을 곁에 두고 오늘은 한 번뿐이라는 마음으로 하루를 보내는 일.

그렇게 보내는 일상이야말로 단단히 네 다리로 버티고 서서 나라는 사람을 지탱해 준다.

삶의 굴곡에도 기우뚱 흔들리지 않을 수 있도록.

이토록 괴로운 숙취를 겪고서도 인간(=나)은 왜 또 술을 마시는가. 그것은 내 인생 7대 불가사의 중 하나였다.

여러분, 제가 드디어
숙취의 비밀을 밝혀냈습니다!

내가 살면서 가장 자주 반복하는 다짐이 있다면, 그건 아마 어학 공부도, 운동도, 일기 쓰기도 아닌 '적당히 마시기'일 것이다. 어버이는 내게 술 받는 간은 주셨지만 숙취를 느끼지 않는 무쇠 같은 몸은 주시지 못했다. 그래서 늘 신나게 술을 마신 뒤 지독한 숙취에 시달린다. 대체 적당히 마시기란 무엇이기에 이렇게 평생을 못 해내는 걸까. 술이 술을 마시는 시점에 도달하기 전에 정신을 차려야 하는데 나란 놈, 오은영 선생님에게 팔다리를 붙잡혀 뉘우침의 눈물을 흘려 봐야 이 버릇을 고치지 그 전엔 어림도 없다.

언젠가 제주에 사는 친구 B의 집에 보름 넘게 얹혀살다 온 적이 있다. 인생 첫 번째 퇴사를 한 후였다. 출근도 없고 마감도 없고 근심도 없는 홀가분한 백수의 몸으로 제주행 비행기에 오를 때 나는 얼마나 설렜었나(가장 신나는 여행을 하려면 사람은 퇴사란 걸 해야 하는지도 모르겠다). 아무튼 그때 우리는 내일이 없는 사람들이었으므로 매일 밤 술을 참 열심히도 마셔 댔다. 술 마시고 할 얘기란 시덥잖은 것밖에 없었으므로, 하루는 과연 우리 둘 중 누가 술꾼으로서 더 나은가로 이야기가 뻗어 간 적도 있다.

B와 나는 주량이 비슷했다. B는 과음을 하면 필름이 자주 끊기는 편인데 대신 숙취가 전혀 없었다. 숙취란 게 무엇인지 한 번도 겪어 본 적 없다는 그녀의 말간 얼굴을 보며 나는 어안이 벙벙했다. 맙소사! 그런 인생이 있다니! 나는 몇 번이고 되물었다. 진짜 숙취를 모르냐고. 다음 날 속이 막 울렁거리고, 머리가 지끈거리고, 근육이 다 녹은 듯하고, 만사가 귀찮은 와중에도 '어제 내가 왜 그랬지, 미쳤지 미쳤어' 하며 하루 전의 나를 맹렬히 비난하는 그 마음을 정녕 모르냐고. B는 정말 모른다고 했다. 그래서 자신에게 술은 그냥 마시면 맛있고 즐거워지는 음료라는 것이다. 나는 적잖은 충격을 받았다. 숙취가 없다면 술이 나쁠 게 무언가! 고전적인 조건반사 이론에 따르자면, 그녀에게 술은 부정적 신호

로 저장될 게 아무것도 없는 셈이었다. 물론 필름 끊긴 상태에서 흑역사를 생산한다면 다른 문제지만, B의 흑역사라고 해 봤자 용눈이 오름에서 술에 취한 채로 굴러 내려온 전적이 있다는 게 전부였다. 그 정도야 뭐 애교로 봐줄 만한 주사였다.

반면 나는 과음을 해도 필름이 잘 끊기지 않는다. 그 때문에 내가 멀쩡한 줄 알고 계속 마신다는 게 함정이다. 오늘의 내가 내일의 나를 속이는 셈이다. 아니야, 너 괜찮아. 더 마셔. 어허, 어딜 집에 가. 이렇게 재밌는데. 마셔, 마셔. 오늘만 산다! 짠! 언제쯤 멈춰야 하는지 브레이크가 없는 술꾼인 셈이다.

그리고 이튿날, 어김없이 지독한 숙취에 시달린다. 하루 동안 누구보다 심각한 참회의 시간을 가지는 것은 물론이다. 어제 왜 그랬을까. n번째 잔에서 그만 마셨어야 했는데. 기분 좋게 마시고 기분 좋게 집에 와서 기분 좋게 출근하기로 해 놓고선. 앞의 두 개는 됐는데 마지막이 왜 안 된 걸까.

그런 와중에 어느 날 술의 신이 나타나 둘 중 하나를 고르라고 한다면?

필름이 끊겨서 어젯밤 일이 기억나지 않지만 다음 날 숙취가 전혀 없는 삶.

vs. 필름이 안 끊겨 끝까지 즐겁게 마시지만 다음 날 숙취가 죽도록 심한 삶.

선택이 가능하다면 이것이야말로 일생일대의 고민이 아닌가. 우리는 둘 중 뭐가 더 나은가에 대해 머리를 맞대고 심각하게 얘기했다. 서로 가지지 못한 것을 보아서인지 내심 상대방의 옵션이 탐나긴 했다.

"아니, 숙취를 왜 안 느껴?"

"아니, 필름이 왜 안 끊겨?"

약간의 존경과 질투를 담아 서로를 바라보며 이 문제를 진지하게 논의했다.

친구 몇몇에게 메시지를 보내 투표에 붙여 보기도 했다. 숙취를 겪어 본 적 있는 이들은 대부분 망설임 없이 첫 번째를 골랐다. 아무렴, 숙취를 모르는 삶이라니! 다음에 뭐로 태어나고 싶냐 물으면 숙취 없는 인간으로 태어나고 싶다고, 생일 선물로 뭐가 갖고 싶냐 물으면 튼튼한 간이라고 대답하고 싶었던 시절도 있었다.

이토록 괴로운 숙취를 겪고서도 인간(=나)은 왜 또 술을 마시는가. 그것은 내 인생 7대 불가사의 중 하나였다. 다음 날 고생할 걸 뻔히 알면서 왜 '적당히'를 넘어서는가. 나는 붕어인가. 숙취에 시달릴 때 후회를 거듭하며 이제 다신 술 못 먹겠다 싶다가도 그날 저녁이 되면 왜 또다시 마실 수 있는 상태가 되는 것인가. 몹쓸 마셔러블 상태. 나는 왜 나를 이렇게 쉽게 용서하는가…….

둘째가라면 서러울 주당 김혼비 작가가 쓴 책 《아무튼, 술》에는 숙취와 관련해 이런 문장이 나온다.

> "이런 식으로 사라진 하루들 때문에 T를 만난 이후 나의 1년은 언제나 355일쯤이다."

나의 1년도 셈해 보면 대략 그럴 것 같다.

> "그 선택은 당장 눈앞의 즐거운 저녁을 위해 기꺼이 내일의 숙취를 선택하는 것과도 닮았다."

이 생각 회로 역시 술을 대할 때의 나의 자세와 비슷해

내적 하이파이브를 불러일으킨다.

그런 식으로 늘 '술이 들어가니 일단 너무 즐거움 → 과음 → 숙취 → 까먹고 다시 마심 → 술이 들어가니 일단 너무 즐거움 → 과음 → 숙취'의 무한 루프를 돌면서 자신을 탓하기 바쁜 세월을 살아오던 어느 날, 강의 한마디가 내 죄를 사해 주었다.

집 근처 공원을 산책하던 중, 이름도 '공원 속의 주점' 줄여서 '공주'라 부르는 술집 앞을 지날 때였다. 노천 테이블에 앉아 맥주잔을 거하게 부딪치는, 마음만은 쾌남이 되어 있는 아저씨들을 보다 강이 문득 말했다.

"술 마실 땐 왜 저렇게 즐겁나 몰라. 다음 날 즐거움까지 미리 당겨써서인가."

!!!!

그래서였구나. 즐거움을 가불해서였다. 여러분, 제가 드디어 숙취의 비밀을 밝혀냈습니다!!! 다음 날 느낄 것까지 미리 당겨쓰니 오늘이 안 즐거울 수 없고, 다음 날이 되면 이미 하루 치 즐거움을 써 버렸으니 즐겁지 않은 게 당연한 거였다. 숙취를 나무랄 게 아니었다. 나는 순리를 따르고 있

었던 것이다. 하루 치로 할당된 즐거움을 당겨썼으면서 다음 날도 즐거우려 하면 그게 도둑놈 심보지.

강은 전혀 그런 뜻으로 한 소리가 아니었을 텐데, 나는 이미 혼자 신이 나서 머릿속이 바빠졌다. 옆에서 들뜬 기운이 압력밥솥처럼 칙칙폭폭거리자 눈치 빠른 강은 '이 주정뱅이가 또……' 하는 눈빛으로 나를 바라보았다. 나는 아랑곳 않고 마땅히 해야 할 대사를 내뱉었다.

"좋아! 그럼 내일 치 즐거움을 당겨쓰러 가 볼까?"

우리의 하루에도 기억할 만한 순간은 늘 있었을
것이다. 바쁜 우리가 그것을 만나고도 스쳐
지났을 뿐.

오늘 치 일기는 쓰고
그거 하니?

"어제 뭐 먹었더라? 뭐 했지?"

언제부턴가 이런 물음 뒤에 부쩍 "어제 일도 기억이 안 난다"는 농담을 하는 일이 잦아졌다. 아니다. 농담이 아니다. 실제로 기억이 안 나니까…. 잠자는 새 낮 동안의 일을 모두 잊어버리기라도 하는 것처럼, 어제란 건 왜 이리 쉽게 휘발되는 시간인지.

그러던 어느 연말, 새 다이어리를 찾아 헤매다 우연히 해외 사이트에서 민트색 일기장을 발견했다. 좋아하는 색깔이라 홀린 듯 눌러 보았더니 하드커버 표지 위에 금박으로 'One line A day'라고 쓰여 있는 이미지가 떴다. 그 아래 적힌 문구는 이랬다. 'A five-year memory book.' 5년간의 기록을 남기라는 걸까. 스크롤을 내려 상세 페이지를 살펴 보니 사용법을 알 수 있었다.

일기장은 한 페이지에 하루씩으로 이루어져 있었다. 첫 장을 열면 맨 위에 'January 1'이라는 날짜가 쓰여 있고, 그 아래로 '20__' 하고 뒷부분이 비어 있는 연도가 다섯 번 반복되었다. 한 해에 할당된 줄은 다섯 줄 정도. 그러니까 올해 1월 1일에 무슨 일이 있었는지 쓴 후, 한 장씩 넘겨가며 365일을 채운 뒤 다시 앞으로 돌아와 지난해 일기 바로 아래에 새 일기를 쓸 수 있는 구조였다. 한 페이지에 5년의 시간을 모을 수 있으니, 시간이 차곡차곡 쌓이면 작년 오늘, 재작년 오늘 무슨 일이 있었는지 알 수 있을 터였다.

작년 오늘 내가 어디서 뭘 했는지 알 수 있다니! 가볍게 가슴이 뛰었다. 많은 것들이 그냥 지나간다. 내가 무슨 일로 웃었는지, 오늘 하루 무슨 얘길 나누다 어떤 풍경을 바라보았는지 그런 것은 '아무것도 아닌' 일상이어서 차창 밖으로 멀어지는 풍경처럼 계속 뒤에만 남을 뿐이다. 어쩌면 이 정도로 짧은 일기는 머뭇머뭇하는 사이 시간이 흘러가 버린다는 걸 깨달은 사람이 할 수 있는 최소한의 기록일지도 몰랐다. 서른의 나는 어디에 가고 누구를 만나고, 서른둘의 나는 어디를 여행하고 무엇을 느끼며 살았는지 기록해 두고 싶었다. 5년 다이어리란 것의 존재를 처음 알았던 그때, 어쩐지 이걸 쓰기 시작하면 내 인생이 조금 바뀔 것만 같았다.

바뀌지 않았다. 내가 들떠서 설레발친 일이 으레 그렇듯 첫해는 상큼하게 실패했다. 1월 1일의 일기를 쓸 때만 해도, 매일 밤 스탠드 불빛만 밝힌 적요한 책상 앞에 앉아 오늘 하루 일을 반추해 보고 그중 기억할 만한 일들만 골라 천천히 대여섯 줄을 채워 가는 나를 상상했지만, 현실은 작심만 하고 삼일은 하지 못하는 나를 깨달을 뿐이었다. 잊어버려서, 귀찮아서, 너무 피곤해서 등등의 이유로 오늘 일기는 내일로 미뤄지기 일쑤였다. 그러다 어느 일요일 밤 책상 위에서 빤히 나를 바라보는 민트색 일기장을 더는 못 본 척할 수 없어, 밀린 방학 숙제를 하듯 열흘 치 일기를 한 번에 쓰는 일의 반복. 방학이 끝나 갈 적마다 울상을 하고서 하나마나한 얘기들을 팔이 저릿하도록 써 내려 가던 어린 시절과 다를 게 없었다.

휴대폰 속 사진이나 메신저에 남은 대화의 흔적으로 열흘 전 일을 복기하며 일기장을 채우다 보면 이게 뭐 하는 짓인가, 하는 생각이 절로 들었다. 쓰고 싶어 쓰기 시작했으면서 쓰기 싫어 도망치는 나는 대체 어떻게 생겨 먹은 인간이란 말인가(너무 팩트라서 가슴이 다 떨리는 말이다). 다섯 줄밖에 안 되는 공란에 "오늘은 집 근처에서 최고의 떡볶이집을 발견했다" 같은 문장을 한 줄 쓰는 게 왜 그리 힘들단 말인가? 흐르는 시간을 알고 싶어 일기를 쓰기 시작했는데 정작 한심한 나를 알아 갈 뿐이었다. 의지력의 'ㅇ'도 없는 나, 저 좋아서 하기 시작한 일도 틈만 나면 미룰 생각밖에 안 하는 나, '조금씩 꾸준히'가 세상에서 가장 어려운 나….

다행한 일은 그 후로 나의 새해 다짐이 단순해졌다는 것이다.

"5년 다이어리를 꾸준히 쓰는 사람이 되자!"

그거 하나만 해내도 나는 지난해와 다른 사람이 되었다고 자부할 수 있을 것 같았다. '드디어' 하고도 '마침내' 그 꾸준함을 실천할 수 있게 된 건 3년이 지난 후의 일이었다. 대단한 비법이 있었던 건 아니고, 그냥 나는 그렇게 되기까지 3년이 걸리는 사람이었는지도 모르겠다.

물론 약간의 장치는 심어 두었다. 깜빡 잊고 못 썼다는 변명만은 할 수 없게 평소 가장 자주 앉는 거실 테이블 위, 눈에 잘 띄는 곳에 일기장을 세워 두고 경고 문구처럼 이렇게 쓴 포스트잇을 붙여 놨다.

"오늘 치 일기는 쓰고 그거 하니…?"

무심코 TV를 틀거나 맥주 한 캔을 들고 앉았다가 일기장 위 우뚝 솟은 그 문구와 눈이 마주치면 일기를 쓰지 않을 수 없었다. 제일 첫 줄이 채워진 1년 뒤부터는 다행히 조금 더 신나게 일기장을 펼칠 수 있었다. 이 날은 비가 와서 부침개를 해 먹었네, 이때 한강에 갔었네, 하며 작년 오늘 뭘 했는지 찾아보는 즐거움이 생겼기 때문이다.

어쨌든 나의 의지력이란 게 얼마나 한심한지 동네방네 소문내려던 것은 아니고, 이 이야기는 '작년 오늘 뭘 했는지 알 수 있는' 그 즐거움에 대해 말하려고 시작했다. 5년 다이어리를 쓰면서 나란 사람도 무언가를 꾸준히 쓸 수 있다는 것을(다행히 나에게 그 정도의 끈기는 존재한다는 걸. 그게 비록 3년에 걸쳐 겨우 만든 다섯 줄짜리 끈기라고 해도), 무엇보다 인생에 아무 일도 일어나지 않는 날은 없다는 것을 알게 되었다. 출근하고 일하고 퇴근하고 저녁을 먹고 잠든 평범한 하루 속에도, 새로 가게 된 식당, 문득 멈춰 서서 올려다본 하늘, 나를 웃게 한 강의 농담 같은 것들이 매일 달라졌다.

지금까지의 내게 지나 버린 1년이란, 그저 '작년'이란 이름으로 불리는 한 덩어리의 시간에 불과했다. 하지만 기록해 둔 1년 속에서는 하루하루의 날들이 낱알처럼 살아 있었다. 일기를 쓰기 전의 내가 그걸 몰랐던 사람이라고는 할 수 없으나, 구체적인 기록으로 남은 일기장 속의 매일은 밤마다 내게 그것을 증명하듯 보여 주었다. 오늘은 어제와 다르다는 걸. 같은 계절, 같은 날짜이지만 오늘은 분명 작년 오늘과도 다르다는 걸.

"인생에서 아무 일도
일어나지 않는 날은 없습니다."

– 마스다 미리, <산케이 신문>
《오늘의 인생》출간 인터뷰' 중에서

마스다 언니는 일찍이 말했다. 과연 그렇다. 인생에서 아무 일도 일어나지 않는 날은 없다. 그래서 그녀 역시 그런 하루를 네 컷으로 기록해 《오늘의 인생》이라는 책을 낸 것이리라.

틈날 때마다 SNS로 타인의 삶을 살피다 보면 상대적으로 내 인생을 시시하게 느끼는 함정에 빠지기 쉽다. 남의 하루는 그럴싸한데 내 하루는 별로인 것만 같다. 근사한 것도 먹지 못했고, 인증할 만한 풍경도 보지 못했고, 어제와 똑같이 출·퇴근만 했는데 하루가 갔고, 마침 도착한 반가운 소식도, 안부를 묻는 친구의 메시지도 없었던 시시한 하루. 그런 하루를 보냈는데 뭘 기록하겠느냐고.

《오늘의 인생》은 그 볼멘소리에 대한 대답 같다. 무심코 들렀던 가게에서 점원의 따뜻한 말 한 마디를 들은 날도 있고, 길을 걷다 나를 빤히 바라보는 고양이를 만난 날도 있다. 아무것도 아니지만 적어 두면 내가 보낸 하루의 인상이 된다. 아마 우리의 하루에도 기억할 만한 순간은 늘 있었을 것이다. 바쁜 우리가 그것을 만나고도 스쳐 지났을 뿐.

현재 진행 중인 이 5년의 기록이 부디 그런 순간에 멈춰 선 사람의 일기가 되었으면 좋겠다. 오늘이란 시간 속에는 오늘의 내가 기억해 둘 만한 오늘의 순간이 있을 테니까. 밝은 눈으로 그 순간을 놓치지 말아야지. 오늘도 해 저문 뒤 집으로 돌아온 나는 "오늘 치 일기는 쓰고 그거 하니…?" 묻는 엄격한 일기장 앞에 앉아 곰곰이 오늘의 인상을 기록한다.

이 집은 내게 새로운 다짐을 주었다.

좋아하는 집에서, 좋아하는 사람과, 좋아하는 일을

하며 살고 싶다는.

그 후로 한참을
이 순간만 생각했다

이게 다 〈구해줘! 홈즈〉 탓이다.

4년째 살던 전셋집 계약을 지난해 연장하고, 또다시 여름을 맞이할 즈음이었다. 낡고 오래된 빌라인데도 해마다 전세금을 올리는 집주인이 좀 얄미웠지만, 이사를 생각하기에 우린 둘 다 좀 지쳐 있었다. 자취하던 시절부터 내가 살던 집은 언제나 임시 거처였으므로, 그냥 여기서도 버틸 때까지 버티다가 움직여야 할 이유가 생기면 그때 옮기자 그 정도 마음이었다.

사연을 보낸 시청자들의 요구와 예산에 따라 패널들이 직접 이런저런 집을 찾아다 주는 그 프로그램은, 보다 보면 삶에 다른 가능성이 있을지 모른다는 생각을 계속하게 만들었다. 그러니까 이런 집 말고 다른 집. 이런 동네 말고 다른 동네. 거처를 옮기는 것만으로 일상이 달라질 거라는 기대 같은 것을 말이다. 거실 창 너머로 넘실대는 바다가 보이는 아파트나, '숲세권'이란 말이 괜한 게 아닐 정도로 푸른 나무들에 둘러싸여 있는 빌라, 마당이 있고 옥상이 있는 단독 주택…. 그런 곳들은 내가 창밖으로 지금의 이 풍경이 아닌 다른 풍경을 바라보고 살 수 있을지도 모른다는 기대를 하게 만들었다.

20대를 지나는 동안, 돈은 없고 꿈은 많던 강과 나는 아직 오지 않은 먼 미래를 손 그늘을 만들어 내다보듯이 말하곤 했다. 우리 마흔 되거든, 서울을 떠나자. 그때는 돈이 제법 모였을 테니까 그동안 우리가 여행 다녔던 곳 중에 정착해 살고 싶어진 동네에 가서 작은 숙소를 하나 차리자. 나는 내가 묵고 싶고 또 묵으면 좋아할 게 분명한 숙소에 대한 이미지가 있고, 강 너는… 어디 보자, 너는… 그래, 너는 말주변이란 게 있으니까 숙소를 하면 잘할 수 있을 거야. 좋아! 그럼 우리 그때까지만 회사를 다니는 거야(아직 취직도 못 했으면서)!

그땐 진짜 그런 줄로만 알았다. 마흔이 되면 다들 부자가 돼 있는 줄. 몇 년 안 가 마흔이 되고 말 지금은 그게 얼마나 순진하고 낙관적인 기대였는지 알지만. 어쨌든 이사의 시발점은 〈구해줘! 홈즈〉를 보던 강이 넌지시 건넨 말이었다.

"우리도 이사할까?"

굳이 이사할 이유가 없어서, 이사 비용이 아까워서 몇 년째 같은 전셋집에 살고 있던 참이었다. 하지만 "우리도 이사 갈까?" 하는 말을 입 밖에 내뱉는 순간, '그러게, 그래도 되는데 왜 안 그랬지?' 하는 생각이 처음으로 들었다. 우리는 이마를 맞대고 부동산 앱에 등록된 회사 근처 이런저런 빌라들을 둘러보았다. 지금 사는 집과 비슷한 보증금에 투 룸, 딱 그 정도 조건으로만.

그러다 우연히 '테라스 있음'이라는 문구를 보았다. 테라스라니. 그런 건 술집에나 있는 줄 알았던, 그래서 늘 테라스 있는 술집을 찾아 헤매던 테라스 덕후의 가슴은 갑자기 쿵쾅쿵쾅 뛰기 시작했다. 구경이나 해 보자는 마음으로, 게시글에 남겨진 부동산 번호로 문자를 보내 집을 볼 수 있냐고 물었다. 이튿날 회사 점심시간을 이용해 그 집을 보러 갔다. 테라스 있음이고 엘리베이터 없음인 줄은 미처 몰랐던 터라 가파른 계단에 충격을 받고, 나란 놈은 왜 10년째 엘리베이터 없는 건물의 꼭대기 집만 쫓아다니는가 한탄하던 것도 찰나, 현관문을 열자마자 펼쳐진 풍경은 이랬다.

흔치 않게 오각형 모양으로 각진 거실엔 커다란 창이 세 개나 있어 흡사 여행지의 에어비앤비 같았고, 창 너머로는 푸른 나무들이 넘실대고 있었다. 무엇보다 문제의 테라스, 그 테라스에선 위로는 너른 하늘이, 아래로는 나무 우듬지가 한눈에 들어오는 풍경이 펼쳐졌다. 마치 "이래도? 이래도 이사 안 온다고?" 묻는 듯한 테라스였다. 강에게 사진을 전송했다. 이내 답장이 왔다. "ㄱㄱ"

작은 일에 소심하고 큰 일에 대범한 우리는 그 후로 일사천리였다. 5년 동안 궁둥이를 안 떼던 사람도 뭔가를 결정하고 나면 눈 옆을 가린 말처럼 앞만 보고 달리게 되는 걸까. 이전 집보다 좁은 데다 난방 시설 등 여러 가지 문제가 있었지만 테라스를 보아 버린 뒤로는 여기 오지 않는 것이야말로 후회할 일이 될 것 같았다. 결국 "이사 갈까?" 라는 말이 나온 지 일주일 만에 우리는 새로 들어갈 집의 계약서를 쓰기에 이르렀다.

계약일에 집주인이자 건물주의 얘기를 들어 보니 이랬다. 원래 4층짜리 회사 건물을 올리고 맨 위층을 대표이사실로 쓰다가 생각보다 사무실을 비우는 날이 많아져 4층은 주

거용으로 변경하고 세를 주기 시작했다고. 3층에서 4층으로 꺾어지는 계단이 무척 가파른 것을 봐서는 사소한 일로 오르락내리락하기 쉽지 않았겠다 싶긴 했다. 그래서 건물 1층 입구에 적힌 층별 안내에는 여전히 '4F 대표이사실'이라고 되어 있었구나.

와, 대표이사실에 살다니.

대표이사실에서 나와 출근하고, 다시 대표이사실로 퇴근하는 삶이라니. 대표이사가 돼 보진 못할망정 대표이사실에 살아 볼 순 있게 됐다. 친구들이 놀러와 1층에서 전화를 걸면 대표실로 올라와, 라고 하면 되겠지. 여러모로 나는 이 농담 같은 집이 마음에 들었다.

⟨구해줘! 홈즈⟩는 옳았다. 한여름의 이사는, '당분간은 절대 이사 못 하겠다'는 생각이 들 정도로 힘들었지만, 장소를 옮기는 것만으로 일상이 환기되었다. 그건 출근하고, 일하고, 퇴근하고 잠들며 한동안 삶이 흘러가는 것을 그저 무기력하게 바라만 보던 내 뒷덜미에 누군가 시원한 손바닥을 올리며 말을 거는 느낌이었다. 다르게 살 수도 있다고. 다른 풍경을 보고 싶다면, 그냥 한 발자국을 더 떼 보면 된다고.

오래 방치해 먼지 쌓여 있던 일상에 다시 반질반질 윤이 나는 기분이었다.

전세 계약을 두 번 연장해 이전 집에 5년째 살기 시작했을 때, 우리는 그 집이나 동네에 대해 더는 아무 기대를 하지 않았다. 그곳에만 있는 작은 즐거움들을 사랑하지 않은 것은 아니었지만, 어쨌든 그 집은 우리에게 '필요한' 집이었지, 우리가 '좋아하는' 것들로 꾸린 집은 아니었다. 모아 둔 돈은 적었고 각자 출·퇴근하기에 적당히 멀지 않은 곳을 고르려다 보니 오피스가 밀집한 지역의 빌라에 들어가게 되었다. 주거지로 조성된 동네가 아니어서인지 방 컨디션에 비해 전세금이 비싸진 않았으나, 주말이면 모든 가게가 문을 닫았다. 사람들이 평일 동안 일하다 떠나는 곳에서 주거를 한다는 건 좀처럼 이곳이 '살아가는 곳'이라는 느낌을 주지 않았다. 그곳이 전셋집이어서가 아니라 바로 그 이유 때문에 영원한 임시 거처처럼 여겨졌다.

하지만 익숙한 건 금세 편해졌다. 편해졌으므로 우리는 이사를 생각하지 않았다. 이사 비용과 새로운 집을 알아보고 이 집을 빼는 데 드는 피로를 생각하면 그냥 살던 대로 사는 것이 나았다. 살던 대로 사는 것. 어쩌면 거기에 함정이 있었는지도 모르겠다.

살던 대로 사는 건 편한 일이었지만, 정말 내게 가능한 선택지가 이것밖에 없을까 생각하면 마음은 다른 데를 가리키곤 했다. 거기가 어딘지도 모르면서. 가만히 두면 곧잘 무기력해지고, 좀처럼 모험심이 없는 편인 나는 살아가면서 종종 어떤 선택들을 합리화하곤 했다. '이건 귀찮아서가 아니라 저쪽에 위험성이 있을 수도 있기 때문이야. 그리고 이렇게 사는 것도 나쁘진 않잖아?' 그렇게 생각하고 마음을 접는 동안 포기해 온 숱한 기회들과 다른 즐거움들이 있었을 것이다.

그랬다. 언젠가 김애란 소설 속의 주인공이 "인생을 굴러가게 만드는 건 근심이 아니라 배짱임을 믿"으며 사다 했을 때, 저 문장을 뜰채로 떠 올리듯 괄호를 치며 혼자 생각한 적 있다. '그래서 내 인생이 안 굴러가는구나! 근심만 하고 배짱이 없어서.'

어쩌면 이번엔 배짱을 선택해서 뻑뻑한 바퀴 같던 내 인생이 한 바퀴쯤 구른 것인지도 몰랐다. 내내 무기력에 빠져 있었다면 알지 못했을 행복이었다. 어느 순간에는 지쳐 있는 나를 데리고서 한 걸음을 더 내디뎌야 한다는 걸 여기 오니 알겠다. 원하는 것을 원하고만 있지 말고, 스스로 다가가 야 한다는 것도.

물론 이런 많은 생각을 하면서 이사를 감행한 건 아니었 다. 오히려 이런 생각은 이사가 다 끝나고 난 뒤 거실 바닥 에 누워 매미 소리를 듣고 있을 때면 파도처럼 밀려왔다 물 러나곤 했다. 나는 그 생각의 파도에 몸을 맡긴 채 창밖으로 넘실대는 나무들을 바라보았다. 평소와 달리 뭐에 홀린 사 람처럼 단번에 결정을 내렸는데, 그건 바로 저 나무를 보기 위해서였나 보다고. 이번에는 귀찮음과 두려움을 무릅쓰고 내가 좋아할 게 분명한 즐거움을 선택한 거라고.

그리고 이 집에서 살게 되었다. 현관문을 열고 들어설 때 마다 커다란 창 너머로 펼쳐진 나무 우듬지를 보며 "좋다" 말하게 되는 집. 설거지를 하고 돌아설 때, 책을 읽다 고개를 들 때, 청소기를 밀면서 움직일 때 그 나무들을 볼 수 있는 게 좋다. 비 오는 날 커다란 빗방울이 창문에 다닥다닥 부딪 치는 소리가 좋고, 거실에 앉아 있을 때도 건물 틈새로 노을 이 지는 걸 볼 수 있어서 좋다. 그중에서 가장 좋아하는 건 물론 테라스에 앉아 맥주를 마시는 일이지만.

무엇보다 이 집은 내게 새로운 다짐을 주었다. 좋아하는 집에서, 좋아하는 사람과, 좋아하는 일을 하며 살고 싶다는. 어쩔 수 없다고, 다 가질 수는 없는 거라고 나 자신을 위해 더 노력하지도 않으면서 스스로에게 쉽게 부여해 주었던 변명에서 벗어나 내가 좀 더 좋아할 수 있는 삶을 꾸리고 싶어졌다. 아마도 그건 멀리 있는 게 아니라, 이번 이사처럼 내가 건너가 보려 하지 않았던 한 발자국 앞에 있을지 모르니까.

+ 참, 이사의 교훈은 하나 더 있다. 무언가를 계속 좋아한다고 말하면, 삶이 점점 그리로 가까워진다는 것. 이 집에 두 번째로 방문한 친구는 테라스를 보더니 외마디 감탄을 내뱉었다. "역시 말이 씨가 된다니까!" 그 말이 축하치곤 너무 격렬해서 우리는 한바탕 웃었다. "그렇게 나무 타령, 테라스 타령을 해 대더니 이 집이 너한테 걸어왔나 보다"고 친구는 말했다. 그런 거라면, 좋은 것들에 대한, 좋아하는 것들에 대한 말을 많이 해야지. 그 말들이 내 곁에 뿌리를 내리고 살게 될 때까지. 말은 씨가 된다니까, 언젠가 싹 틔우게 될 말을 아주 많이 해 버려야겠다.

다시는 그 시절, 그 공간, 그 마음으로 돌아갈 수

없다는 걸 알아서 이사 날 짐을 빼며 사람들은 눈이

빨개지기도 하는가 보다.

정든 동네와
헤어지는 법

한 달. 한 달이었다.

갑작스레 주어진 이별의 시간이. 새로 이사할 집의 계약서를 쓰고 돌아온 날, 강과 나는 종종 앉곤 하던 편의점 앞 놀이터를 찾아갔다. 밤 산책을 하거나 내가 편맥, 편맥 노래를 부를 때면 맥주 한 캔씩을 사서 시소 위에 앉아 마시던 곳. 별것 아닌 이런 사소한 습관도 이제 반복할 날이 며칠 남지 않았다고 생각하니 기분이 이상했다.

지정석 같은 시소 양 끝에 앉아 맥주를 마시다가 누가 먼저였을까 그런 말을 했다. 남은 시간 동안, 추억 여행을 해보자고. 우리가 갔던 곳들, 여기 사는 동안 좋아했던 곳들을 다시 한번 가 볼 수 있는 기회가 한 달밖에 남지 않았으니까.

어차피 서울에서 서울로 옮기는 이사라 해도 우린 이미

알고 있었다. 이제 이 동네를 찾아올 일은 여간해서 생기지 않을 거라는 걸. 더구나 유명한 맛집도 아닌, 그저 가깝다는 이유로 자주 갔던 동네 술집, 동네 떡볶이집을 부러 찾아오기는 더 힘들 것이다. 맥주를 탈탈 털어 마시는 동안 우리는 여기 살면서 마음속으로 찜해 놓았던 곳들이 어디어디였는지 번갈아 가며 얘기했다.

"거기 좋았지! 우리 자주 가던 옛날 떡볶이집. 학교 앞 떡볶이 맛이 나서 참 좋아했는데."

"요 앞 학교 운동장도. 여긴 너무 도심이라 산책할 데가 별로 없어서 처음엔 슬펐는데, 그래도 그 운동장이 있어 숨통이 트였어. 매일 저녁 같은 시간에 나와서 구령 외치며 운동하는 할아버지 기억나? 할아버지 구령 따라 운동하면 몇 바퀴나 돌 수 있었어. 번번이 골대를 빗겨 가며 뻥뻥 공을 차던 꼬마들도 있었고."

"돈가스 집! 손님이 별로 없어서 매번 사장님하고 셋이서 야구 보게 되는 그 집."

"길 반대편 심야 식당도 가 보자. 다섯 시쯤인가? 문을 갓 열었을 때 가면 주인 이모가 덜 바쁠 때만 해 주는 서비스라며 골뱅이무침을 직접 섞어 주셨잖아. 엄마가 겉절이 담그다 한 입 맛보라고 건네주는 것처럼 난 그게 그렇게 맛있더라. 내가 섞으면 이상하게 그 맛이 안 나는 것 같고."

한 달 뒤면 더는 "거기 갈까?" 하고 슬리퍼 차림으로 툴레툴레 찾아갈 수 없는 곳들. 곧 떠나게 될 거라 생각하니, 새삼 이 동네의 모든 것이 애틋해졌다. 그건 이상한 일이었다. 갑작스러운 이사가 정해지지 않았다면, 나는 그 모든 풍경을 지금까지도 권태롭게 바라보았을 것이다. 지겨운 것까진 아니지만 더는 처음만큼 좋지도 않은 마음으로. 살다 보면 어째서 당연해지는 것들이 이토록 많은 걸까. 당연한 건 없는데도.

이사 날이 다가올수록 나는 출·퇴근길에 멈춰 서서 '우리 동네'의 평범한 장면들을 자꾸 찍어 두는 사람이 되었다. 결국 내가 그리워하게 될 것들은 이런 풍경일 테니까. 이곳에서 보낸 한 시절도 이내 등 뒤에서 문이 닫히고 말겠지. 한번 닫히면 시간의 이편에서 다시 열어 볼 수도, 돌아갈 수도 없는 문. 때문에 우리가 할 수 있는 일은 열심히 기억해 두는 일밖에 없다. 골목길의 모양새를 기억하고, 단골집에서

자주 앉던 자리를 기억하고, 창밖으로 내다보이던 옆집 옥
상의 풍경을 기억하고, 자꾸 자꾸 기억하는 일.

다시는 그 시절, 그 공간, 그 마음으로 돌아갈 수 없다는
걸 알아서, 이사 날 짐을 빼며 사람들은 눈이 발개지기도 하
는가 보다. 눈물이 나면 어쩌나 했는데, 다행히 이사 날 울진
않았다. 새로 들어오는 사람의 짐을 싣고 온 이삿짐 센터 아
저씨들이 재촉을 해 대는 바람에 감상에 젖을 겨를도 없었
다. 사다리를 올리기 위해 창문을 다 떼어 낸 내 방 창가에
앉아, 사진을 한 장 더 찍었다. 지난 5년간 아침저녁으로 매
일 같이 바라본 풍경이 거기, 평소보다 더 넓게 펼쳐져 있
었다.

동네와 헤어지는 것도 사람과 헤어지는 것과 같아서 나
에겐 그토록 긴 작별 인사가 필요했던가 보다. 마지막이라
생각하면 누구나 애틋해지고 마는 걸까. 언제 어디서든 이
시간에도 '끝'이 있다 생각하면, 사람은 생각보다 별거 아닌
것들로 행복해질 수 있는 존재인 걸까?

그렇다면 새로 살게 될 동네에서는 달력에 매일 × 표시
를 하는 기분으로 살고 싶어졌다. 3년짜리 계약서를 썼으므

로, 이제 새 집에서 보낼 시간은 1,000일 정도 될 것이다.

그 시간 동안 행복해야지.

추억할 게 많은 날들을 보내 둬야지.

그런 마음으로라면 왠지 잘 살 수 있을 것 같았다.

살았던 5년의 시간보다도 더 애틋했던

지난 한 달의 작별처럼.

Part 3

두 번 해도
좋을 것들

가끔 "그래도 본전은 뽑아야지" 하며 걱정해 주는 여행자들을 만난다. 나로선 이왕 여기까지 왔기 때문에, 더욱 내가 좋아하는 시간을 보낼 필요가 있었다.

여행에서 본전을 뽑는다니,
본전이 뭐길래

대만 여행을 앞둔 친구가 10분 단위로 설계된 나노 스케줄 표를 보여 주었다. 공항에서 내리면 뭐부터 해야 하는지, 숙소 근처 명소들은 어떤 순서로 돌아다녀야 하는지부터 꼭 가고 싶은 맛집까지 동선을 따라 섬세하게 설계되어 있었다.

"와, 이걸 다 할 거야?"

"그럼!"

"이 중에 하나라도 어그러지면 스트레스 안 받아?"

"받지, 당연히. 그래도 미리 알아보고 내 취향에 맞게 계획 짜는 게 난 좋더라. 낯선 데서 덜 불안하기도 하고."

이렇게 돌아다니다가는 오전 열한 시쯤 이미 하루 치 체력이 바닥나고 말 나로서는 엄두가 나지 않는 스케줄이었다. 여행지에서 맞는 아침이란 원래 늦잠 자고, 부은 얼굴로 조식을 먹고, 씻고 나서 '오늘은 뭐 할까' 중얼거리면 어느덧 정오인 그런 게 아니었나. 우리 우정이 무사히 유지된 건 그 동안 해외여행을 같이 떠나지 않은 덕분인지도 몰랐다. 사 랑은 하지만 앞으로도 여행은 각자 하자는 내 말에 친구는 웃음을 터뜨렸다.

좋은 여행에는 정답이 없다. 각자에게 맞는 여행이 있을 뿐. 다만 동행이 있을 경우엔 서로의 여행 스타일이 맞아야 더 즐거운 여행이 되는 건 사실이다. 미리 짠 촘촘한 스케줄 에 따라 하루를 쓰고 노곤한 피로 속에 잠드는 여행을 좋아 하는 사람에겐 그만큼 부지런히 걷고 보고 먹어 줄 동행이 필요하다. 반대로 느긋하게 쉬는 여행을 좋아하는 사람에겐, 어서 일어나 다음 장소로 이동하자고 채근하지 않을 동행이 필요하겠지.

한때 화제가 되었던 한국식 MBTI(짜장 vs 짬뽕, 부먹 vs 찍먹, 물냉 vs 비냉, 밀떡 vs 쌀떡, 참고로 내 경우는 짜찍비밀이다) 를 여행에 적용해 본다면 대략 이렇지 않을까?

이왕 가는 여행, 꼼꼼히 정보를 찾고 미리 동선을 짜는 '계획형'

vs. 여행은 자유롭게 돌아다니는 게 제맛이라 생각하는 '즉흥형'

일찍 일어나 조식을 챙겨 먹고 하루를 시작하는 '아침형'

vs. 밤늦게까지 재밌게 놀고 늦잠을 푹 자는 '저녁형'

남는 건 사진뿐이므로 추억 남기기에 몰두하는 '사진형'

vs. 사진 대신 눈앞의 풍경에 집중하는 게 낫다 여기는 '경험형'

먹는 즐거움이 차지하는 비중이 큰 '맛집형'

vs 먹는 것은 그럭저럭 중요하지 않은 '끼니형'

나 같은 경우 '즉저경맛'형에 가깝다. 물론 실제 여행에는 무 자르듯 나눌 수 없는 폭넓은 스펙트럼이 존재하겠지만.

대학 시절, 휴학을 하고 1년 동안 여행을 다닌 적이 있다.

이전에 한두 달 배낭여행을 떠났을 땐, 나 역시 바삐 돌아다니는 여행자 중 한 명이었다. 한국 사람들의 여행 스케줄이 빽빽한 건 휴가가 짧기 때문이란 말이 있는데, 어느 정도 맞는 말이다. 정해진 시간은 짧고, 나중에 후회하게 되진 않을까 불안해서, 남들의 여행을 열심히 참고해 동선을 짜고 관광지를 방문하고 기념품을 산다.

하지만 긴 여행에는 다른 호흡이 필요했다. 부지런히 다니다간 금방 에너지가 바닥날 게 뻔했고, 당장 돌아갈 여행이 아니었으므로 내일에 대한 계획이 그리 필요하지 않기도 했다. 마음은 점차 느긋해졌다. 숙소에서 만난 누군가가 오늘 다녀왔던 곳이 좋았다고 얘기해 주거나, 내가 다음에 가게 될 도시의 어떤 장소를 추천해 주면 그곳을 기억해 두었다가 슬렁슬렁 가 보곤 했다. 처음엔 '그래도 되는구나' 하는 걸 알았고, 나중엔 '그래 보니 좋구나' 하는 걸 알게 되었다. 아마 그때부터였을 것이다. '하루에 한 가지만 하는 여행'을 좋아하게 된 게.

아무 계획이 없는 것보다는 내겐 딱 그 정도가 좋았다. 어떤 장소에 대해 너무 모르고 가면 아깝게 놓치는 것이 있었다. 내가 좋아했을 것이 분명한 작은 가게, 어떤 마을, 근사한 풍경을 정보가 없었던 탓에 지나치고 한참이 지나서야 알게 되는 경우도 있었다. 안타까웠다. 그런 경험들을 통해 나라는 여행자에게 얼마만큼의 준비와 여유가 적당한지를 점차 알아 갔던 것 같다.

지금의 나는 이런 여행자다. 비행기와 숙소는 미리 예약해 두고, 그 밖의 일정은 되도록 현지에서의 나에게 맡겨 둔다. 떠나기 전에 틈틈이 즐거운 맘으로 여행지의 정보를 찾아보긴 하지만 계획을 짠다기보다 내가 가면 좋아할 곳과 굳이 가지 않아도 될 곳을 파악해 두는 정도다. 쇼핑을 좋아하지 않고 기념사진을 남기지도 않는 타입의 나는 사람들이 쇼핑과 기념사진을 위해 많이 찾는 곳에 굳이 갈 필요를 못 느낀다. 그 대신 '어딜 가면 가장 느긋한 마음(=이 맛에 여행하지! 싶은 상태)으로 머물게 될까'를 찾아본다.

여행지에 도착해서는 하루에 한 가지만 하는 계획을 세운다. 오늘은 친구가 추천해 준 식당에 가야지. 오늘은 숙소 해먹에 누워 종일 책맥을 해야지. 오늘은 해안가 언덕에 가서 사진을 찍어 와야지. 그 정도의 느슨한 계획이 좋았다. 나머지 시간들을 자유롭게 비워 둘 수 있으므로. 아직 오지 않은 우연들을 기다릴 수 있으므로. 여백으로 비워 둔 시간엔 새로운 일들이 생겼다. 우연히 만난 여행자들의 하루에 동행하게 된다거나 점심을 먹은 식당에서 저녁 때 열린다는 공연에 초대받는다거나 하는. 일정이 빽빽했다면 아쉽지만 거절했을 일들, 그리하여 내게 남을 리 없었던 추억이기도 했다.

나도 나를 겪어 봐야 안다.

내가 이런 유형의 사람이라고 결론 내린 부분이나 이런 것을 좋아할 거라고 예상한 건 종종 빗나가기도 했다. 몇 번의 시행착오 끝에 알게 된 '여행하는 나'는 여행지에서 새로운 곳을 많이 들르는 데 큰 관심이 없고, 마음 편한 장소에 오래 머무는 것을 더 좋아하는 사람이었다. 서울에서의 일상이 이미 빽빽한데, 여행을 하면서까지 그런 시간을 살고 싶진 않았다. 스스로 정한 스케줄에 쫓기는 기분을 느끼며 바삐 움직이는 것도 싫었다. 그런 나를 조금씩 알아 가면서 점차 내가 가장 즐거울 수 있는 여행을 찾아간 셈이다.

가끔은 여행지에서 너무 한가로운 나를 보고 "이왕 여기까지 왔는데" "그래도 본전은 뽑아야지" 하며 걱정해 주는(?)

여행자들을 만난다. 나로선 이왕 여기까지 왔기 때문에, 더욱 내가 좋아하는 시간을 보낼 필요가 있었다.

여행에서 '본전을 뽑는다'는 게 대체 뭘까?
뭐가 본전일까?

여행에 얼마를 들였든, 어디를 가든, 진짜 본전이란 건 내가 만족하는 선을 말할 것이다. 내가 즐겁고 행복했던 여행이라면 그게 바로 본전을 찾은 여행이다. 그러니 남들이 좋아하는 것을 억지로 좋아할 필요도, 어떤 방식으로 여행해야 한다는 압박감을 느낄 필요도 없다. 만족은 오롯이 나의 것, 추억도 오롯이 나의 것.

여행은 우리가 시간을 보내는 방식에 질문을 던진다. 해야 할 일이 많은 일상에서는 그러기가 쉽지 않지만, 여행에서는 내가 원하는 대로 시간을 구성할 수 있다. 그렇기 때문에 그 시간을 무엇으로 채울지가 중요해지고, 그 방식이 각자의 여행 스타일을 만든다.

그래서일까. 여행을 거듭할수록, 여행이 인생을 닮았다는 생각을 한다. 우리의 이번 삶이 이미 출발해 버린 한 편의

긴 여행이라면, 나는 어떤 여행을 하고 싶은 걸까? 일단 남들 가는 데를 다 가 보는 부지런한 여행과 내가 좋아하는 장소를 천천히 찾아보는 여행. 이곳저곳 돌아다니며 추억을 많이 남기는 여행과 한 군데 머무르며 오래 기억할 추억을 만드는 여행.

내가 좋아하는 여행의 방식을 찾는 건, 나에게 맞는 삶의 방식을 찾는 것과 다르지 않을 것이다. 남들처럼 여행하려는 사람은, 사는 것도 남들처럼 살게 될지 모르는 일이니까. 그것은 여행이 내게 알려 준 유일한 삶의 태도이기도 하다.

남의 여행을 곁눈질하는 대신, 나의 여행을 하라는 것.

요즘 내게 중요한 것은 이런 것이다.

많은 책을 읽는 것보다 이미 읽은 책을 한 번 더

읽는 시간, 여러 곳에 가는 것보다 한 장소에

제대로 머무르는 일.

두 번 해도
좋을 것들

여행 애기가 나왔으니 말인데,《좋아하는 걸 좋아하는 게 취미》라는 책을 낸 후 한동안 치앙마이에 다녀왔다. 떠나기 전부터 '거기 가면 해야지' 마음먹었던 일이 하나 있었다. 바로 책에 실린 사진들을 찍었던 장소에 다시 한번 찾아가는 일이었다. 예전의 내가 기억하려고 찍어 두었던 풍경, 돌아온 후에도 종종 그리워한 풍경이 여전히 거기 있는지, 있다면 무사한지 궁금했다. 내가 찍은 나무와 가게와 거리의 안부를 확인하고 싶었다.

그 덕분에 꼭 누굴 만나러 온 도시인 것처럼 나는 좀 들뜬 채로 골목골목을 걸었다. 오늘은 그 나무를 찾아봐야지, 오늘은 그 가게를 다시 찾아가야지, 혼자 약속하고 혼자 약속을 지키며 며칠을 보냈다.

《좋아하는 걸 좋아하는 게 취미》 중 '커다란 나무가 있는 자리'라는 글에 실은 사진은, 책에 담긴 나무 사진 중 가장 좋아하는 것이기도 했다. 더는 사람이 드나들지 않는 낡은 집, 그 한가운데로 지붕을 뚫고 자란 커다란 나무를 찍은 사진이었다. 숙소를 향해 무심코 걷다가, 처음 보는 생경한 풍경에 시선을 사로잡혀 한참을 서 있었던 기억이 난다.

나무가 여전히 거기 있을지 혹시 그사이 사라지진 않았을지, 기억을 되짚어 찾아가는 중에도 불안한 마음과 기대가 뒤섞였다.

해가 저물 무렵이었다. 길 하나를 사이에 두고 건널목을 건널 때는 긴장으로 가슴이 쿵쾅거렸다. 달려오는 툭툭과 썽태우를 피해 무사히 길을 건너 모퉁이를 돌았을 때, 나무는 여전히 같은 곳에 같은 모습으로 서 있었다. 반갑기도 하고, 어쩐지 좀 애틋한 기분이 밀려오기도 했다. 예전처럼 몇 장의 사진을 찍고, 나무의 발치에 서서 까마득한 위를 올려다보았다. 낯선 도시에 아는 나무가 있다는 게 좋았다. 한참 시간이 지난 뒤에도 이 도시를 떠올릴 때면, 커다란 나무가 있는 풍경이 함께 겹칠 터였다.

책의 시작 부분에 넣은 사진을 찍었던 카페도 다시 찾아가고 싶었다. 어느 노천카페 옆을 지나치다 나무판자 위에 적힌 "Do more of what makes you happy."라는 문장을 맞닥뜨리고 꼭 내가 하는 여행을 가리키는 말 같아 카메라 셔터를 눌렀었다. 당시 머물렀던 숙소의 근처라고만 기억하고 있었는데, 같은 골목을 몇 번이나 왕복해도 도무지 찾을 수가 없었다. 그사이 가게가 없어지기라도 한 걸까?

결국 실례인 줄 알면서도 매일 아침 커피를 마시러 들르던 카페의 주인에게 사진을 보여 주며 물어보았다. 이런 메시지가 적혀 있던 나무 간판을 기억하느냐고. 그는 친절히도 그 카페라면 얼마 전 위치를 옮겼노라며 문밖으로 나와 길을 짚어 주었다. 그가 알려 준 대로 찾아간 곳은 놀랍게도 내가 머물던 숙소의 바로 앞! 등잔 밑도 이런 등잔 밑이 따로 없었다.

몇몇 가게가 2층짜리 목조 건물과 너른 정원을 나눠 쓰고 있었는데, 그중 1층 카페에 내가 찾던 나무 간판이 있었다. 예전처럼 골목길에 내어 둔 게 아니라 정원의 안쪽으로 들여 놓아서 매일 그 앞을 지나치면서도 찾지 못했던 것이다. 헤맨 지 사흘 만에 찾았더니 어찌나 반갑던지. 커피 한

잔을 시켜 두고 조금 낡았을 뿐 여전히 안녕한 입간판의 사진을 찍었다.

여행에서 돌아온 뒤, 팟캐스트 '책읽아웃'에 출연할 기회가 있었다. 진행자인 김하나 작가님이 물었다. 이번 여행에서 책에 나온 장소들을 다시 찾아갔던데, 갔던 곳을 다시 가보니 어땠냐고. 보통은 한 번 갔던 곳을 가기보다 새로운 곳을 찾아가지 않느냐고. 내가 그런 편이었던가? 생각해 본 적 없었는데, 그 질문을 듣는 순간 《모네의 정원에서》라는 책에 나오는 대화가 떠올랐다.

> "내일은 우리가 파리에서 보내는 마지막 날이다."
> "벌써요? 시간이 너무 빠른 것 같아요!"
> "내 생각도 그렇구나. 내일은 아주 특별한 일을 해야 돼. 에펠탑에 올라가 볼까?"
> "지베르니에 다녀오지 않았다면 내일 지베르니에 가면 좋을 텐데."
> "같은 일을 두 번 할 수도 있단다. 그게 아주 특별한 일이라면 말이다."
>
> – 크리스티나 비외르크, 《모네의 정원에서》 중에서

블룸 할아버지와 리네아가 나눈 이 대화는 워낙 좋아해서 몇 번이나 인용한 적 있다. 그건 그만큼 지금 나의 삶이 이 문장 위에 있기를 바란다는 뜻이기도 할 것이다. 좋았던 장소에 두 번 가는 일, 쉬운 듯 보여도 흔히 일어나는 일은 아니다. 여행에서라면 더더욱. 자신이 좋아하는 것을 알아보는 사람, 같은 장소에 두 번 가는 시간을 아까워하지 않을 수 있는 사람만이 그렇게 한다.

요즘 내게 중요한 것은 이런 것이다.

많은 책을 읽는 것보다 이미 읽은 책을 한 번 더 읽는 시간.

여러 곳에 가는 것보다 한 장소에 제대로 머무르는 일.

거기 좋았잖아, 또 가 보자, 말할 수 있는 순간이 좋다. 다시 가서 다시 좋아하는 일이 좋다. 읽었던 책을 처음부터 다시 읽으며 다른 곳에 밑줄을 긋고, 이전엔 발견하지 못했던 문장을 발견하는 일이 좋다. 그런 독서는 꼭 천천히 하는 식사 같다. 한 끼를 때우기 위해 밥을 물에 말아 급하게 넘기는 게 아니라, 한 숟갈을 제대로 뜨고 천천히 꼭꼭 씹어 삼키는 식사. 그럴 때에야 비로소 이 책에서 느낀 것들을 내 것으로 소화시키는 기분이 든다.

그동안 내가 '효율'이라고 믿어 온 것은 과연 무엇이었을까? 어디에 갈 때마다 지도 앱을 켜서 최단 거리, 최소 시간을 재어 보듯 인생을 살아야 하는 걸까? 경험에도 효율의 논리를 적용할 수 있을까? 한 권을 빠르게 읽어 갖게 된 여분의 시간으로 다음 책을 읽으면 만족할까? 묻다 보면 답은 늘 같은 곳을 가리킨다. 시간은, 경험은, 결코 그렇게 설명할 수 있는 것이 아니라는 것.

어린 시절의 나는 남들의 속도에 맞춰 급히 밥을 먹다가 곧잘 탈이 나던 아이였다. 이젠 내 식대로 꼭꼭 씹어 소화시키고 싶다. 좋은 풍경도, 좋은 책도, 좋은 시간도. 읽은 책을 다시 읽고, 갔던 곳에 다시 가면서 살고 싶다. 인생의 기회비용이 그런 데 있다고 믿지 않게 된 후로 나는 잘 체하지 않는 사람이 되었다.

김연수 작가는 평생 가장 좋아하는 책 백 권을 업데이트한 다음, 일흔이 넘어서는 그 책들만 반복해서 읽다가 죽고 싶다고 말한 적이 있다. 그 마음을 조금 알 것도 같다. 백 권은 좀 많은가? 살아가는 게 열 권의 진짜 좋은 책과 열 군데의 진짜 좋아하는 여행지를 알아 가는 일이라면, 어떤 경험도 어떤 시간도 기꺼울 수 있을 것 같다.

제철 과일이 있는 것처럼 제철 풍경도 있고 제철에

해야 가장 좋은 일도 있다

장마가 지나면
수박은 싱거워진다

나무가 많은 곳으로 이사 오니, 여름엔 창문을 열 때마다 매미 소리가 빽빽하게 쏟아져 들어온다. 여름은 이런 거구나. 매미는 이토록 맹렬히 우는구나. 새삼 깨닫는 매일이다. 새로운 풍경을 갖게 되니 새로운 것을 느끼고, 새로운 생각들이 쌓인다.

8월의 끝자락에 들어서고부터는 조금씩 식은 바람이 불어온다. 뭐랄까, 인생을 낙관하게 만드는 바람이다. '이거면 됐어' 생각하게 만드는 바람. 주말 오후 책상 앞에 앉아 있을 때 창으로 불어 들어오는 바람이나, 테라스에 캠핑 의자를 내놓고 앉아 있을 때 부는 저녁 바람 그리고 아침저녁 출·퇴근길에 시원하게 뺨을 스치는 늦여름의 바람. 이럴 땐 좋은 기분을 느끼는 것 외에 더 바랄 게 없는 것처럼 여겨진다.

여름이 한창 짙어지던 무렵의 일이다. 올여름은 또 얼마나 더울까, 걱정될 정도로 해가 나날이 머리 위로 높이 솟았다. 뙤약볕을 보면 수박이 생각난다. 조건 반사처럼.

"수박 사야겠다."

"왜?"

"왜긴. 장마 뒤엔 수박이 싱거워지거든. 지금 먹어야 제일 맛있어."

서울 촌놈인 강은(강은 신당동에서 태어난 떡볶이의 아들이다) 대체 무슨 그런 얘기를 하냐는 듯한 눈으로 나를 바라보았다. 장마철엔 원래 수박이 싱거워지는데? 수분을 잔뜩 머금어 당도가 묽어지고 마니까. 나는 알은 체를 하며 한술 더 떴다.

"가뭄이 들면 마늘 농사가 걱정되고, 가을에 비가 너무 오면 벼농사가 걱정되고 그런 거야. 잘 알지도 못하면서."

어쩌면 '제철'을 생각하는 감각은 시골에서 보낸 유년이 내게 심어 준 귀한 것인지도 모르겠다. 제철 과일이 있고 제철 음식이 있는 것처럼 제철 풍경도 있고 제철에 해야 가장 좋은 일도 있다. 딸기와 수박과 복숭아와 무화과와 홍시의 계절을 지나는 동안 또한 나는 3월은, 5월은, 8월은, 10월은 무엇을 하기에 제철인 달인지 생각한다. 달력에 적어 두고, 미리 계획을 세우고 제철이 가기 전에 해야 하는 일들을 즐긴다.

하지와 입추를 지나 거짓말처럼 매일 일몰 시간이 1분씩 짧아지는 요즘, 우리 집은 테라스가 제철이다. 테라스에 앉아 알맞게 식은 바람을 쐬며 맥주 한 잔을 기울일 때야 비로소 이 계절을 만끽하고 있다는 기분이 든다. 맹렬한 여름 해의 기세가 한풀 꺾이고 공기가 천천히 식어가는 저녁, 캠핑 의자에 앉아 나무 사이로 얼핏 얼핏 비치는 산책하는 사람들을 구경한다. 라디오를 크게 튼 채로 자전거를 타는 아저씨와 어쩐 일인지 슬리퍼 두 짝을 손에 들고 맨발로 걷는 할아버지, 통화를 하며 지나가는 여자, 서로의 어깨를 치며 웃음을 터뜨리는 교복 입은 학생들. 좀 더 멀리 시선을 두면 나무 우듬지 위로 빼꼼 솟아 있는 다른 집의 옥상들이 드문드문 보인다. 가끔 옥상의 주인들이 나와서 이불 빨래를 걸거나 화분에 물을 주거나 상추를 뜯는 모습도 볼 수 있다. 모든 것이 적당한 온도로 살아 있는 계절이다.

사전에서는 제철을 '알맞은 시절'이라 풀어 쓴다.

알맞은 시절.

제철, 이라 부를 때보다 어쩐지 더 마음의 정확한 지점에 가 닿는 표현이다.

장마가 지나면 수박은 싱거워진다. 때를 지나 너무 익은 과일은 무르기 시작한다. 지금은 무엇을 하기 알맞은 계절 인지, 과일 가게 앞에 서서 골똘히 고민할 때처럼 눈앞의 일 상을 바라보고 싶다.

바쁜 하루를 보내면 일과 나는 자꾸 가까워지는데

나는 나와 자꾸 멀어지는 기분이 들었다.

바빠서
나빠지는 사람

회사를 옮기고 나서 가장 힘들었던 건 새로운 업무도, 낯선 사람들과 관계를 쌓는 일도 아닌 바로 바쁘다는 사실이었다. 하루 종일 종종걸음을 치다가 지쳐서 퇴근할 때면 생각했다. 나는 왜 바쁜가. 쓸데없는 책임감 때문일까. 남들처럼 시간 관리를 못하는 걸까. 어떤 날은 (바보 같게도) 화장실 가고 싶은 걸 참으며 일할 때도 있었다. 나도 안다. 한 호흡만 쉬고, 한 걸음만 떨어져서 바라보면 세상에 그 정도로 바쁠 만큼 중요한 일은 없다는 것쯤. 그렇지만 '아는' 것과 '사는' 것은 엄연히 다른 문제다.

컴퓨터 바탕화면에 윈도 스티커 메모를 띄워 두고 거기에 오늘 처리해야 할 일들을 'to do list: 우선순위대로!'라고 적어 두었지만 좀처럼 속 시원히 지워지는 리스트는 없었다. 그러는 와중에도 또 다른 리스트가 추가되기 일쑤였다. 동료들은 내 등 뒤로 지나가다가 한 번씩 웃으며 묻곤했다. 그 리스트는 왜 줄어들지를 않는 거냐고. 그건 내가 묻고 싶은 말이었다. 이직 후 한창 적응할 때니 어쩔 수 없는 일이라고 생각했지만, 어쩔 수 없다는 것만큼 사람을 답답하게 하는 것도 없었다.

바쁜 건 나쁘다. 정말 그렇게 생각한다. 시간의 여유가 없으면 이내 마음의 여유가 없어지기 때문이다. 눈앞에 처리해야 할 일들만 보일 때에는 주변이 잘 보이지 않는다. 누군가 반갑게 건네오는 인사도 제대로 보지 못하고 지나치고, 상대방이 하는 말도 듣는 둥 마는 둥 하게 되고, "우리 언제 볼까" 물어오는 친구의 메시지에 시간을 맞춰 날짜를 잡을 마음의 여유도 없어진다. 지친 채로 퇴근하면 밥을 지어 먹을 기운 같은 건 이미 회사에서 다 써 버린 것 같다. 아무 배달 음식이나 시켜서 끼니를 때우고 정리되지 못한 어수선한 방에서 잠이 든다. 생활은 그렇게 방치되고 오늘 치의 기쁨은 내일, 내일 아니면 주말, 그도 아니면 언젠가 찾으면 되겠지, 여기게 된다. 모든 건 '바쁜 일'을 처리하고 난 뒤로 밀려난다.

그런 상태가 나쁜 게 아니면 뭐겠는가. 그렇게 사는 나는 참 별로였다. 내가 나를 좋아해 보려야 도무지 좋아할 구석이 없는 것처럼 여겨지기도 했다.

한창 일에 쫓길 때쯤 나는 이런 말을 많이 했다.

"원래 내가 안 이랬는데, 왜 이러지."

지금의 내가 별로일수록 어쩐지 그런 말을 더 하게 되는 것 같았다. '나 원래는 이런 사람 아니야, 나중엔 달라질 거야. 비록 지금은 이렇게 살지만.' 그러니까 언제라도 이 상황, 이 일을 벗어나기만 하면 좀 더 나은 내가 되기라도 할 것처럼. 바쁜 하루를 보내면 일과 나는 자꾸 가까워지는데 나는 나와 자꾸 멀어지는 기분이 들었다. 그래서 주말이 되어 가만히 누워 있을 때에야 비로소 '아, 네가 거기 있었지' 하고 나를 알아채는 기분이 드는 걸까?

이대로 바쁜 나로 나쁘게 살 수는 없었다. 매일 등 뒤에서 일거리가 쫓아오는 기분이 드는 것도, 그 일에 쫓기며 뛰느라 주변을 살피지 못하는 것도, 그러다 보니 결국은 '내가 뭐 하러 이렇게 뛰고 있었더라?' 생각하게 되는 것도 정말이지 다 싫었다. 내가 좋아할 수 있는 일상을 회복하고 싶었다.

회사에서 일의 양과 속도를 도무지 조절하지 못하겠다면, 일상의 다른 구석 어딘가에 여백을 만들어야 했다.

그 즈음 회사 근처로 이사를 오면서 아침 시간에 조금 여유가 생겼다. 이사 전과 비슷한 시각에 일어나도, 집을 나서기 전 커피 한 잔을 내려 마실 시간이 있었다. 아침잠이 많은 나로서는 출근 전에 따로 시간을 가진다는 게 세상에서 가장 힘든 일이었지만, 어쩌면 이런 환경에서라면 평생 실패해 왔던 일, '아침에 조금 일찍 일어나 나만의 시간을 가지는 일'이 가능할지도 모르겠단 생각이 들었다.

한 시간 넘는 통근 거리에 살 땐 매일 아침 나를 나무라면서 몸을 일으켰다. 5분, 10분 더 자는 게 무슨 소용이라고 조금 더 누워 있다가 만날 뛰어 나가는지, 일찍 일어나 보겠다는 약속은 어째서 매번 지키지 못하는지, 그런 타박은 늘 네가 그런 의지로 뭘 하겠느냐는 비난으로 이어지곤 했다. 누구도 시킨 적 없는 일을 스스로 다짐하고서는 그걸 지키지 못했다고 스스로를 또 나무라다니. 정말 득 될 게 없는 악순환이었다.

그런데 회사에 걸어 다닐 수 있을 만큼 가까운 곳으로 이사를 오자, 나는 아침잠을 이기지 못하던 나약한 인간에서 하루아침에 혼자만의 아침 시간을 갖는 차분한 사람이 되었다. 그저 환경이 바뀌었을 뿐인데. 그동안 스스로를 나무란 세월이 미안할 정도였다. 30년을 살아 봐도 도무지 안 되는 일이 있다면(그게 겨우 '일찍 일어나기'지만…) 그걸 못 한다고 비난하기보다 환경을 바꿔 주면 되는 거였다.

그 후로는 아침에 일어나 출근하기 전 혼자 있는 시간을 보낸다. 눈을 뜨면 거실로 나와 물 한 잔을 천천히 마시고, 5분 정도 스트레칭을 하고, 커피를 내려서 책상 앞에 앉는다. 창밖으로 오늘 날씨가 어떤지, 집 앞의 나무들은 어떻게 변하고 있는지, 공원 초입에 오늘은 어떤 트럭 장수가 와 있는지 바라본다. 오늘 해야 할 일들을 마음속으로 찬찬히 정리하고, 저녁엔 무엇을 해 먹을까 생각하기도 한다. 그렇게 조용히 머물 때의 나를, 나는 비로소 좋아할 수 있었다. 알람이 아닌, 내 의지로 하루를 시작한다는 기분도 들었다.

요즘엔 저녁 시간도 추가했다. 퇴근하고 돌아오면 혼자 테라스로 나가서 평소 제일 좋아하는 향(친구가 '이것은 마치 홍대 어딘가에 있을 법한 지하 1층 구제 옷가게 향'이라고 말하는)

을 하나 피워 놓고, 그 향이 다 타기까지 앉아 있는 시간을 보낸다. 2, 30분 정도 될까. 처음엔 가만 앉아 있기가 좀이 쑤시기도 했는데 이젠 편하다. 기억해 두고 싶은 장면을 날마다 하나씩 발견하기도 한다. 할아버지의 느린 걸음을 기다려 주는 늙은 개, 머리 위에 단풍잎 한 장이 떨어진 줄 모르고서 씩씩하게 걷는 아주머니…. '힐링'이란 말은 아무리 봐도 낯선 단어처럼 느껴져서 그냥 바라보기만 했었는데, 거기 앉아 있을 때면 '힐링'이란 단어의 생김새가 만져지는 느낌이 든다. 나는 쉬고 있구나. 나는 회복되고 있구나. 나는 충전되고 있구나. 하고.

겨우 숨 고르는 법을 익혀 가는 나는 이제 '시간'을 잘 고르는 사람이 되고 싶다. 오늘 먹을 점심 메뉴를 고르고, 커피 종류를 고르고, 내게 어울리는 옷을 고르는 것처럼 내가 보낼 시간도 나를 위해 잘 고르는 사람이. 그럼 언젠가는 일에 쫓기다가도 문득 뒤를 돌아 "오늘은 여기까지!" 외치고 그만 쫓아오라 칼 같이 말할 수 있는 사람이 되겠지. 아직은 내공이 부족하지만. 바빠서 나빠지는 사람이 되지 않기 위해서는 아무래도 노력이 필요한 것이다.

잘 살지 않고 그냥 살아도 되는 저였는데.

무엇보다 제대로 사는 인생이라니.

그런 건 없는데도.

뭘 또 잘하려고 해,
그냥 해도 돼

2019 올해의 다짐 중 하나는 여태 안 해 본 일을 할 기회가 생기면 일단은 해 보자, 였다. 그동안 처음 하는 일 앞에서 뒷걸음친 이유는 다양했다. '어차피' 못할 거 같아서, 나는 그런 걸 '원래' 못하니까, 잘 해낼 자신이 없어서. 내가 나를 가장 잘 안다고 생각하면서 스스로에게 주지 않은 기회들이 등 뒤에 무수했다.

그 생각을 바꾸기로 마음먹은 건《좋아하는 걸 좋아하는 게 취미》를 낸 후, 생애 첫 북 토크를 준비하면서였다. 편집자로부터 처음 북 토크 제안을 들었을 때는 예의 그래 왔던 것처럼 반사적으로 거절하고 있었다.

"저 그런 거 못 해요, 아시잖아요."

그런데 뒷걸음칠 준비를 하며 한 발을 뒤로 빼려는 순간,

이런 생각이 들었다. 언제까지나 뒤로 물러날 수만은 없다고. '원래' 못하는 나의 뒤에 계속 숨을 수는 없는 거라고. 함께 책을 만든 사람들에게 "저는 이제 모르겠어요!" 하고 손을 떼는 것 같아 미안하기도 했다.

자신은 없지만 일단은 해 보겠다고 답했다. 그래, 이건 올해의 다짐이니까. 1월부터 안 지킬 수는 없다…. 물론 답해 놓고 5분 뒤부터 후회했던 것 같다. 이 책은 그냥 일상에서 내가 좋아하는 순간을 담은 책일 뿐인데 이런 걸로 사람들한테 무슨 얘기를 하지(소재 고갈), 책을 괜히 냈나(근본적인 후회), 강연 같은 걸 할 수 있는 내용의 책이 전혀 아닌데 출판사는 나한테 왜 이러는 거지(편집자 원망), 부러 시간 내어 온 사람들이 괜히 왔다고 생각하면 어떡하지(일어나지도 않은 일 걱정하기) 등등. 회사 워크숍에서 발표를 했을 때처럼 분명 첫 마디부터 염소 소리를 내다가 내 목에서 염소 소리가 난다는 데 스스로 당황해 더 염소 목소리를 내고 말 거다. 그러고 나면 염소 대환장 파티….

아무것도 하지 않으면 아무 일도 일어나지 않는다. 이 말은 보통 그러니 뭔가 해야 한다는 뜻으로 쓰이지만, 나는 그냥 그런 세계를 바랐던 거다! 아무것도 하지 않아서, 아무

일도 일어나지 않는 세계. 그럴 거면 책은 왜 냈나 모르겠다. 앞뒤가 맞지 않는 인간이다. 명석은 자기가 깔아 놓고 그 명석에 못 눕겠다고 버둥대는. 이럴 땐, 평소엔 대체로 엉터리지만 위기 상황에선 나의 구루가 되는 강에게 하소연을 해야 했다.

"어떡하지." "지금이라도 도망갈까." "어디 가까운 데라도 가 버려야겠어. 태국이라거나 태국이라거나 태국이라거나⋯."

강으로 말할 것 같으면 낯도 가리고 내성적인 편인데, 이상하게 명석만 깔아 주면 무대 체질로 바뀌는 타입이다. 과연 그런 상반된 성격이 한 사람 안에 공존할 수 있는 건지 늘 의문이지만. 학교 다닐 때도 노래자랑 같은 게 열리면 곧잘 나가고, 회사에서 송년회 사회 같은 것을 '시키면 곧잘 하는' 타입. 나와는 근본부터 다르다. 한번은 회사에서 준비한 〈복면가왕〉 무대에 출연 제의를 받는 바람에 어떤 가면을 만들지 함께 고민한 적도 있다. 결전의 날, 강이 쓰고 나간 가면은 노란 뚜껑과 초록색 몸통으로 된 딱풀, 출연명은 '발라드로 발라버려'였다. 그걸 쓰고 수많은 회사 사람들 앞에서 노래를 하다니. 나로서는 다다다다음 생 정도에나

가능할 일이다.

우리 집에서 제일 외향적인 애한테 우리 집에서 제일 내향적인 내가 물었다.

"너는 어떻게 그런 걸 해? 안 떨려? 아무렇지도 않아?"

강은 구루답게 딱 한 마디만 했다.

"잘하려고 하지 말고 그냥 해."

북 토크를 해야겠다고 마음먹은 건 순전히 그 말 한마디 덕분이었다. 여태 나는 그래 왔다. 그냥 하면 되는데, 그냥 해도 되는데, 잘하려고 하니까 문제였던 거다. 잘 못할 거 같으니 아예 안 해 버리는 선택을 하면서. 이대로라면 나는 영원히 하지도, 잘하지도 못 한 채 그냥 '안 한' 사람이 되어 생을 마감하겠지…. 그런 생각을 하면 한평생 살고 눈 감을 때어쩐지 살다 만 것처럼 찝찝할 것 같았다.

사람들 앞에 섰을 때 내가 그토록 긴장하는 이유는 잘하고 싶어서였다. 잘하는 것만이 중요하다고 생각하니까 못하는 모든 상황이 끔찍하게 여겨졌다. 거기엔 사람들에게 잘보이고 싶은 마음, 덜덜 떨리는 목소리로 말하는 나를 한심해할 것 같은 마음, 쓸모도 없는 말을 늘어놓는 나를 보며 저런 게 작가라니 실망할 것 같은 마음, 그러니까 그 자리에 선 나를 어떤 식으로든 평가할 거란 두려움이 있었다. 동시에 그런 나를 가장 혹독하게 평가하는 건 나 자신이었다. 내성적인 게 아니라 그건 어쩌면 대단한 자의식인지도 몰랐다. 스스로에게 되뇌어 줬다.

'사람들은 너한테 그 정도로 관심이 없어. 웬 김칫국…'

'사람들이 실망 좀 하면 어때. 그런다고 너의 뭔가가 바뀌는 게 아냐.'

심리학 스타일 셀프 응원은 별것 아닌 것 같아도 도움이 되었다.

마음을 고쳐먹은 이후엔 최선을 다해 다가올 북 토크를 안 망칠 수 있는 방법만 고민했다. 이 책에 관심이 있어 부러 시간을 내어 와 준 사람들을 만나면 어떤 얘기를 나누고 싶은지, 책을 읽고 북 토크에 온 분들이 무엇을 궁금해할지 곰곰이 생각해 보았다. 그것을 문답 형식으로 정리한 다음, 대본처럼 답을 숙지했고, 책에 나온 사진 속 장소들을 PPT로 정리해서 담았다. 목표는 이것을 '잘' 전달하는 게 아니라, '다' 전달하는 것. 떨더라도 끝까지 말하자. 긴장해서 내용을 훅훅 건너뛰지 말고, 이 시간이 빨리 끝나기만을 기다리지 말고, 앞자리 사람하고 눈 마주쳐서 동공 지진이 나더라도 부디 준비한 말을 천천히 다 하자.

그래서 실제로 북 토크 날 어땠느냐면, 떨렸다. 엄청 떨렸다. 아늑한 서점 안쪽에 펼쳐진 프로젝터에 내 사진과 '일상에서 행복의 ㅎ을 줍는 기술'이라는 어마무시한 제목의 주제가 걸린 것도, 앞쪽을 향해 나란히 놓인 서른 개의 의자도 너무나 덜덜 포인트였다. 친절한 서점 사장님이 북 토크 시작 전, "차 좀 드릴까요?" 물었는데, 내 눈엔 그렇게 묻는 그의 등 뒤로 생맥주 기계만 보였다.

"저것도… 작동이 되나요?"

"그럼요."

"그럼 저것 좀. … 보이니까 유리컵 말고 머그잔에 좀….."

내겐 너무 청심환 같은 맥주를 네 모금 정도 마시고 나니 다행히 '할 수 있다!!!!' 마인드가 되었다. 그래서 잘했느냐면, 그냥 맥주 냄새가 나는 떨리는 목소리로 말했다. 그래도 천천히 '다' 말한다는 생각을 했더니 긴장에 쫓기지 않고 준비한 것을 차례차례 선보일 수 있었다.

그 후로 강연 비슷한 자리에 몇 번 더 초대받았다. 이젠

"일단 해 볼게요"라고 대답한다. 예전의 나라면 반사적으로 못 한다고 했겠지만, 조금씩 해 보기로 했다. 답한 뒤부터 준비하는 내내 '내가 이걸 왜 한다고 했지' 후회하는 일의 연속이겠지만, 그렇더라도. 중요한 건 '잘' 하는 게 아니라, 한 번 해 보는 것. 내가 하고 싶은 이야기를 다 전달하고 내려오는 것.

그나마 그 과정에서 얻은 팁이 있다면, 걱정할 시간에 준비를 하나라도 더 하는 게 낫다는 것이다. 말할 내용을 잘 외워서 가니까 덜 떨렸던 첫 북 토크처럼. 준비를 꼼꼼히 하다 보면 마음속에 가득 들어찼던 걱정의 부피가 점차 줄어들고, 그렇게 생긴 빈자리에 여유가 조금씩 들어찬다는 걸 알게 되었다. 그럼 농담을 할 기운도 생기고, 질문에 성급하게 답하기 전 생각할 틈도 생긴다. 여전히 긴장하고, 염소처럼 떨고, 말문이 막히면 머릿속이 하얘질 때도 있지만 잘하지 않아도 된다는 생각만으로, 과도한 긴장을 하지 않을 수 있었고 실수한 나를 덜 나무랄 수 있게 되었다.

몇 차례의 북토크를 끝내고 나자 그동안 왜 사는 게 피곤했었는지 슬며시 엿본 기분이 들었다. 나는 인생에서마저

그래왔는지 모르겠다. 사는 것마저 '잘' 해야 할 것 같아서 아등바등 스스로를 들볶았는지도. 그래야 제대로 사는 거라고 생각했는지도. 잘 살지 않고 그냥 살아도 되는 거였는데. 무엇보다 제대로 사는 인생이라니. 그런 건 없는데도.

태어나길 피곤하게 태어난 나로서는 '그냥 살아도' 된다는 것만 익혀도 인생이 훨씬 가벼워질 것 같다. 물론 어려운 일이겠지. 그럴 땐 역시 내겐 너무 청심환 같은 맥주를 한 잔 마시고 생각해야겠다.

뭘 또 잘하려고 해, 그냥 해도 돼.

사람들은 어떤 일을 하게 되기까지의 용기는 높이

사고, 그 일을 그만두는 데도 용기가 필요하단

사실은 쉽게 잊어버린다.

네, 요즘 애라서
끈기라곤 없습니다

"지금 그만두면 도망치는 걸까요?"

얼마 전 첫 취직을 한 후배가 물어왔다. 처음 합격 연락을 받았을 때 기뻐하며 찾아왔던 게 엊그제 같은데. "저 이제 출근해요!" 하며 웃는 얼굴이 보기 좋아 우리는 새 직장에 대한 이런저런 얘길 하며 커피를 마셨더랬다. 그런데 몇 달 뒤, 오래 생각해 온 듯한 말투로 이렇게 물어 온 것이다.

말하면 어렵지 않게 해결될 일인데 신입이라 괜한 속을 썩고 있는 건 아닌가 싶어 왜 그러냐고 물어보았다. 그리고 역시… 그만두는 게 낫겠다는 결론에 이르렀다. 밤낮도 주말도 없이 이어지는 업무 지시에, 나중에 보상해 줄 거라며 프로젝트 성공을 위해 희생을 강요하는 분위기는 안타깝게도 바뀔 가능성이 적으니까. 아마도 회사가 말하는 '나중'은 오지 않을 것이다.

후배는 말했다. 회사 사람들은 좋은데 그냥 자기가 문제인가 싶기도 하고, 이런 적이 처음이라 혼란스럽다고, 무엇보다 쉽게 포기하는 사람이 되는 것 같아 걱정된다고.

"포기가 아니지. 포기하는 사람이 아니라 그냥 회사를 '그만두는' 사람이야. 왜 멀쩡한 너를 포기하는 사람으로 만들어."

속상해서 그렇게 답했다.

그러니까, 우린 이게 문제다. 참는 게 미덕이라고 배웠기 때문에, 쉽게 포기하지 말고 노력하라는 말을 하도 듣고 자라온 통에, 무언가를 그만두는 건 다 실패로 여긴다.

사람들은 어떤 일을 하게 되기까지의 용기는 높이 사고, 그 일을 그만두는 데도 용기가 필요하단 사실은 쉽게 잊어버린다. 그것은 용기가 아니라 포기라 말한다. 때문에 이런 선택의 기로에서 우리는 자연스레 자신을 탓하게 된다. 남들은 잘만 다니는데 내가 나약해 빠진 거 같고, 상황이나 시스템 자체의 문제보다는 내가 이상한 게 아닌가를 먼저 검

열하게 되고….

고민 끝에 결국 그만두겠다고 말하면?

예외 없이 '요즘 애들' 운운하는 말이 호출되겠지. 아무튼 요즘 애들은 끈기가 없다든지(대체 무엇을 위한 끈기를 말하는 걸까? 옛날부터 이렇게 일해 왔으니 그래도 된다고 생각하는 사람들, 끈기라 부르는 누군가의 '희생'이 필요한 사람들만이 끈기를 말하던데), 그런 정신으로 앞으로 뭘 하겠냐라든지(싫은 걸 버텨 낼 힘으로 좋은 걸 하면 더 잘하겠죠), 어려서 책임감이 없다든지(슬프게도 책임감과 성실함은 이미 차고 넘치는데, 하필 남에게는 관대해도 자신에게는 관대하지 못한 사람들만이 저런 고민을 한다. "그만둬도 될까요?" "그만두면 도망치는 걸까요?" 하고)….

그런데, 도망이 과연 나쁜 걸까?

애초에 왜 도망을 나쁘다고만 말하는 걸까?

스트레스에 관련된 글을 읽다가, 스트레스받을 때 우리 몸에서 일어나는 반응이 진화론적으로 매우 훌륭하게 다듬어진 결과라는 걸 보고 무릎을 쳤던 적이 있다. 스트레스 상황에 놓이면 우리 몸은 '위험하다'고 인지하게 되고, 그에 따라 호르몬을 분비해 스트레스에 '맞서 싸우거나 도망칠Fight or Flight' 수 있는 몸 상태를 만든단다.

즉 심장이 더 빠르게 뛰고, 동공이 확대되고, 숨이 가빠지고, 뇌와 근육에 많은 양의 혈액을 공급하는데, 이게 다 우리가 더 빨리 반응하고, 더 잘 보고, 더 쉽게 호흡하도록 몸을 준비시키는 기특한 현상이란 것. 듣고 싶은 것만 듣는 나는, 스트레스 반응이 실은 '도망을 위한 준비'라는 사실이 몹시 마음에 들었다!

그랬구나. 상식적으로 생각해도 먼 옛날 숲속에서 갑자기 맹수가 뛰쳐나왔을 때, 이렇게 준비된 몸으로 '맞서 싸운' 쪽과 '도망친' 쪽이 있다면 당연히 후자가 살아남았을 가능성이 높다. 그러므로 우리는 모두 도망자의 후손인 셈이다. 유레카!

'스트레스?=○○ 도망' 공식을 받아들인 후로 도망은 역시 소중한 것이구나, 여기게 되었다. 도망이 왜 있는데? 위험한 걸 피하라고 있는 건데. 나를 힘들게 만드는 일, 힘들게 하는 사람으로부터는 도망치는 게 맞구나.

원래도 없었지만 나는 내가, 또 우리가 끈기가 좀 없었으면 좋겠다. 부당하게 힘든 것을 참고 견디는 것, 몸과 마음을 망가뜨리면서까지 스스로를 소진하는 것을 끈기라 여기지 않았으면 좋겠다. 대신 어디 갖다 붙여도 괜찮을 만큼 접착성이 약한 존재들이면 좋겠다.

언젠가 다섯 살배기 조카가 공룡 스티커를 가지고 노는 것을 본 적 있다. 정글 그림이 그려진 빳빳한 판 위에 여러 공룡들의 실루엣이 점선으로 그려져 있어서, 그 모양에 맞는 공룡 스티커를 찾아 붙이면 되는 놀이였다. 그림판도 매끄럽고 스티커 뒷면도 매끄러워서 실수를 해도 몇 번이든 다시 제자리를 찾아 붙이면 되는, 아주 너그러운 스티커였다. '요즘엔 이런 걸 갖고 노는구나' 하며 신기해하다가 문득 생각했다.

이런 것을 가지고 놀았더라면, 실수와 함께 실수해도 괜찮다는 것을 배웠더라면, 줄 하나 잘못 그었다고 노트를 통째로 버리고 싶어지던 어린 시절을 보내지 않았을 텐데. 나는 왜 삐뚤어진 그 한 줄이 내 노트를 다 망쳤다고 생각했을까? 그 부분이 눈에 띌 때마다 마음이야 쓰이겠지만 그렇다고 노트 한 권을 망쳐 버린 것은 아닌데.

살면서 잘못된 선택을 하거나 먼저 한 선택을 번복한다

고 해서 내 삶이 어떻게 되는 건 아니다. 스스로가 자리를
잘못 찾은 스티커같이 여겨진다면, 떼어서 다른 데 다시 붙
이면 되는 일이다.

그것을 실패라고 여기지 않는다면.
다음 기회가 있다는 걸 잊지 않는다면.

"지석아, 거기 람베오사우르스 자리 아닌 거 같은데?"
이마도 볼록, 볼도 볼록한 짱구 같은 조카는 고개를 갸웃
하더니, 호숫가 옆에서 비슷한 그림을 발견하곤 스티커를
쫙 뜯어내어 거기 갖다 붙였다. "여기!!" 씩씩하게 외치며.
람베오사우루스는 뜯겨진 자국 없이 제자리에 찰싹 붙었다.
아주 산뜻하게.
우리에겐 그렇게 나를 위해 비워진 딱 맞는 자리 같은 건
없을지라도, 힘들 때면 생각해야지. '붙였다 뗐다 진짜 공룡
스티커 놀이'를. 끈기 없이, 좌절도 없이, 내 자리를 찾아다
녀야지.

주변에선 쉽게 말했다. 애매한 재능에 매달리느니

안전한 선택을 하는 게 나을 거라고.

이런 건 나도 만들겠다고?
그건 네 생각이고

      대학을 갓 졸업하고 잡지사에서 일을 시작했을 때, 취재 차 작은 영화제에 간 적이 있다. 학부생 시절에도 가 본 적 있었지만 그해는 좀 특별했는데 대학 동기가 한 작품에 배우로 출연한다는 걸 미리 들어 알고 있었기 때문이다. 지금은 잘 기억나지도 않는 영화 속에서 친구는 '체육교사' 역할로 나왔다. 파란 트레이닝복을 입고서 사투리 억양으로 짧은 대사 몇 마디를 한 게 전부였다.

  아는 얼굴을 스크린에서 보는 건 낯설면서도 어딘가 쑥스러운 기분이었다. 영화관을 나오며 같이 갔던 친구와 서울말도 부산말도 아닌 어중간한 그 말투를 흉내 냈던 기억이 난다. 나중에 학교 앞 술자리에서 다 같이 만났을 때, 친구의 대사를 따라 하기도 했다. 영화를 보지 못한 친구들도

덩달아 놀리기에 동참했다. 그런 것에 기죽을 리 없는 친구
는 연기를 하는 자기 자신을 성대모사했던가, 같이 웃다가
우리에게 휴지를 던졌던가.

우린 다들 아직 '아무것도 되지 못한' 사람들이었다. 서로
가 겪는 숱한 도전과 잦은 실패들을 그냥 놀리는 게 더 쉬웠
던 시절. 시시때때로 스산해지는 마음이나 말로 설명하기
애매한 감정들은, 그냥 한바탕 웃고서 잊어버리는 게 나았
다. 너무 오래 생각하면 상처받을 테니까. 영영 아무것도 되
지 못할지 모른다는 초조함을 누군가 발설하는 순간 이 자
리는 우울해지고 말 테니까. 술병이 하나둘 비어 갈 때마다
우리는 상상했다. 언젠가 우리도 '무언가'가 되어 있겠지. 우
리에게도 무언가가 될 기회란 게 오겠지.

한 살 두 살 나이를 먹을 때 초조함이 함께 왔다. 동기들
이 뿔뿔이 기업체로, 은행권으로 취직할 때 '하고 싶은 일'에
매달리는 사람들만 캠퍼스에 남았다. 하지 않았으니 모르는
일, 오지 않았으니 모르는 미래는 그저 불안할 뿐이었다. 주
변에선 쉽게 말했다. 그 정도 재능 가지고 되겠냐고. 애매한
재능에 매달리느니 안전한 선택을 하는 게 나을 거라고.

그 시절 내가 제일 듣기 싫어했던 말은 "이런 건 나도 하겠다"라는 농담이었다. '이런 것'을 결코 하지 않을 사람들이 쉽게도 던지는 말. 누군가 꾸준히 SNS에 올리는 그림에 흘 낏 눈길 주며 하는 말들. 독립 서점의 크고 작은 출판물들을 대충 넘겨 보면서 하는 말들. 작은 빵집에서, 수공예 상점에 서, 누군가 공들여 만든 것을 들었다 놓으며 하는 말들. 거기 담긴 한 사람의 오랜 시간과 해묵은 초조함과 그럼에도 여전히 만드는 일을 놓지 못하는 마음을 전혀 보지 않는 말들.

재능이나 성공 같은 건 생각보다 중요한 게 아닐지 모른다. 이런 건 나도 하겠다고 말하는 사람들은 결코 하지 않는 일을, 누군가는 하고 있다는 게 중요할 뿐이다. 말 많은 사람들이 재능을 따지고 성공 여부만을 재고 있을 때, 그들은 글을 쓰고 그림을 그리고 영상을 만든다.

'하고 싶은 일'을 좇는다는 게 젊은 날의 치기일지 아닐지, 시간이 많이 흐른 뒤에도 여전히 그 일을 놓지 못하는 게 어설픈 재능에 대한 미련일지 아닐지는 아무도 모른다. 당사자도, 말을 거드는 주변 사람들도.

그저 이 세상엔 두 부류의 사람, 하는 사람과 하지 않는 사람이 있을 뿐이다. 재능이 있다 없다 말하는 것은 쉽고, 그 정도론 안 될 거라 말하는 것도 너무 쉽다. 하지만 계속 하기란 어려운 일이다. 그 어려운 일을 하는 사람들이 있다.

어쩌면 젊은 날의 우리에겐 기회가 많았다. 이 정도 재능으로는 자신이 없다거나, 언젠가는 꼭 할 거라거나, 지금은 그럴 처지가 아니라는 말로 한 걸음 물러서서 삶을 구경만 할 때. 그때도 시간은 흐르고 있었다. 10년이 지나 우리가 서로 다른 곳에 서 있게 되었다면 그건 그동안 시간을 어떻게 보냈느냐에 따른 결과일 것이다.

얼마 전, 그 시절 작은 영화에 나왔던 친구가 드라마에 나오는 것을 보았다. 여전히 큰 배역은 아니었지만 카메라 앞에서 그는 열심이었다. 가까운 사이가 아닌 탓에 이렇게 안부를 알게 된 게 신기하기도 했다. 동기들이 취업을 해서 하나둘 학교를 떠날 때 그리고 왜 불안한 마음이 없었을까. 그럴 때도 그저 묵묵히 걷던 길을 걸었을 것이다.

이제라도 정신 차리고 취직하라는 잔소리들 틈에서, 너 정도 하는 애들은 쎄고 쎘다는 가시 돋친 말들 속에서. 만나지 못한 시간이 길었지만, 한 가지는 알 수 있었다. 그는 기어이 '하는' 사람이라는 것을. 무언가를 '해내지' 않았어도,

여전히 또 꾸준히 하고 있는 사람이라는 것을.

20대 내내 글을 쓰고 싶다는 마음으로 또래들이 지은 수많은 책과 영화와 시와 그림들을 훔쳐보았다. 감탄하고 부러워하고 흠모하고 질투했던 그 많은 작품들. 그걸 만든 이들 중 몇이 남았을까? 여전히 '하고 있는' 사람들은 누구일까?

가끔씩 그런 것을 궁금해하며 나는 한 땀 한 땀 시간을 깁듯 누가 볼지도, 어쩌면 아무도 안 볼지도 모를 글을 쓴다. '한 방' 같은 건 영영 없을지도 모르지만 우리는 꿈을 거두지 않았다. 혼자인 길을 함께 걸어 주는 것은 여전히 이 일을 하고 있다는 사실뿐이다.

그러다 누군가는 마침내 원하던 곳에 닿고 누군가는 닿지 못하겠지.

하지만 그건 여전히, 그리 중요한 일은 아닐 것이다.

나는 지금 비 내리는 날 여행자가 할 수 있는 제일

바보 같은 짓을 하고 있었다. 비가 온다는 사실에

울적해져 여행을 망치는!

비 내리는 날의
여행법

아빠의 환갑을 맞아 처음으로 부모님을 모시고 제
주 여행을 간 적이 있다. 9월이었다. 그동안 내가 다녀간
9월의 제주는 정말 여행하기 좋은 달이었다. 여름의 절정을
지난 섬은 너무 덥거나 습하지 않았고, 그늘에선 적당히 식
은 바람이 불었으며, 짙푸른 바다는 내내 여행자의 시선을
빼앗으며 빛나곤 했다. 성수기를 피해 여행 시기를 잡은 내
가 기특할 정도로 모든 것이 완벽했다. '이제 곧 엄마 아빠
에게도 그 풍경을 보여 줄 수 있겠지' 기대하며 비행기 티켓
을 끊고 숙소를 예약했다.

첫날 공항에 내렸을 때만 해도 날씨가 더없이 좋았다. 일
기예보에서 비가 내릴지 모른다는 소식을 듣긴 했으나 제주
날씨는 워낙 알 수 없으니 괜찮겠거니(괜찮아야만 했다) 여겼

던 것도 사실이다. 바닷길을 따라 달려 함덕 해변에 도착했다. 바다를 보자마자 옷을 훌훌 벗어던지고 몸 담그는 아빠를 보며 엄마와 나는 웃음을 터뜨렸다. 1년에 두 번씩 오이 농사를 짓는 엄마 아빠에겐 너무 더워 비닐하우스를 쉬는 한여름의 두 달 남짓이 유일한 휴가였다. 그 휴가를 축복해주는 것 같은 날씨였다.

…… 라고 섣불리 생각한 탓일까. 저녁부터 구름이 짙게 깔리기 시작하더니 밤중에 시작된 비가 이튿날까지 내내 이어졌다. 비에 젖어 축 가라앉은 대기만큼이나 내 기분도 한없이 가라앉기 시작했다. 겨우 2박 3일이었다. 1년 중 겨우 2박 3일의 시간을 내었는데, 그중 우리가 해를 본 시간은 세 시간도 채 되지 않는다니. 모든 게 이 날짜를 고른 나의 책임인 것만 같았다. 그러게 하고 많은 날 중에 왜 이때로 시간을 잡아서는. 엄마 아빠가 기억할 제주의 풍경이 이렇게 비가 억수같이 내리고, 도로는 안개에 잠겨 앞이 분간되지도 않으며, 해변을 집어삼킬 듯 커다란 파도가 치는 모습일 거라고 생각하니 기분은 더 우울해졌다. 아닌데. 제주는 원래 이런 게 아닌데.

생각은 꼬리에 꼬리를 물고 이어져서 나는 급기야 제주

를 원망하고, 하늘을 원망하고, 여름에 비를 내리는 우주를 원망하기에 이르렀다. 어떻게 온 여행인데. 심지어 엄마는 처음 와 보는 제주인데. 숙소 마루에 앉아 처마에서 뚝뚝 떨어지는 비를 보며 전혀 괜찮지 않은 목소리로 물었다.

"엄마, 괜찮아?"

"뭐가."

"비가 계속 오잖아."

"비 오면 오는 대로, 맑으면 맑은 대로지 뭐. 할머니한테 전화해 보니까 문경도 지금 비 온단다."

옆에 있던 아빠가 거들었다.

"비 한번 시원-하게 온다."

그건 눈에 띄게 기분이 다운된 나를 위로하는 말이었을 것이다. 왜냐면, 비가 이렇게 오는데, 괜찮을 수 있는 여행자는 없으니까. 잠자코 지켜보던 강이 내 뒤로 와서 속삭였다.

"얼굴 좀 펴. 지금 여기서 네가 제일 우울하니까."

달팽이관에 와 닿는 그 원망 어린 목소리에 웃음이 터졌다. 나는 지금 비 내리는 날 여행자가 할 수 있는 제일 바보 같은 짓을 하고 있었다. 비가 온다는 사실에 울적해져 여행을 다 망치는!

행복하자고 떠나온 여행에서 불행해지고 마는 건, 날씨 때문이 아니라 마음 때문이었다(눈치챘겠지만 나는 여행에서 수시로 불행해지는 자다). 운 나쁘게 비가 오니까 이 여행은 망쳤다고 생각하는 마음, 나는 역시 되는 게 없다고 좌절하는 마음, 엄마 아빠가 지금 몹시 속상할 거라고 지레짐작하는 마음. 나를 괴롭히고 있는 건 날씨가 아니라 그런 생각들이었다.

사실 비는 아무런 죄가 없었다. 비구름이 작정하고 "어, 저 시골 쥐 가족들이 여행을 왔구나, 그럼 여기에다 비를 뿌려야겠다!" 하고 심술을 부릴 리야 없지 않은가. 날씨는 그냥 자기 할 일을 할 뿐이다. 구름은 흘러 다니다가 먹구름이 되어 무거워지면 비를 뿌리고, 빗방울은 대지를 적시고, 그런 뒤엔 해가 나서 또 젖은 대지를 말리고. 그것은 내 마음과는 아무 상관이 없는 일이다. 내가 계획한 여행과도 아무 인과관계가 없는 일이다. 내가 제주에 여행을 왔는데 '하필' 비가 오는 게 아니라, 오늘은 '그냥' 제주에 비 오는 날일 뿐이니까.

어떤 하루를 살지 선택권은 늘 자신한테 있다는 말을, 나는 자주 떠올리고 또 자주 잊는다. 비가 온다는 사실에 우울해져서 이대로 모두의 여행을 망칠지, 오늘 하루를 즐겁게 보낼지는 나에게 달려 있었다. 알면서도 참 잘 안 된다. 내 마음이지만 마음대로 안 되는 게 마음. 하지만 날씨는 더 내 맘대로 안 된다. 당연하지. 그러니까 더 쉬운 쪽을 바꾸자.

우리는 숙소에서 나와 차를 타고 비 내리는 바다를 보러 가기로 했다. 산간 도로를 지날 때는 자욱한 안개에 가려 앞이 잘 보이지 않았다. 앞서 가는 파란색 트럭의 불빛을 등불처럼 내다보며 느릿느릿 안개가 서린 길을 달렸다. 아빠는 길이 낯선 타지에선 그 지역 사람들의 차를 따라가는 것도 방법이라 했다. 아마 앞의 저 트럭 운전사는 이 길을 눈 감고도 그릴 거라고. 수십, 수백 번 오간 길일 테니, 이런 날엔 가장 믿을 만한 길잡이라고.

바다에 도착했을 때 거대한 풍력 발전기가 풍경을 압도하듯 서 있었다. 엄마는 태어나 처음 보는 커다란 풍력 발전기 앞에서 기념사진을 찍자고 했다.

"저게 뭐라고 사진을 찍어."

"그냥 찍자, 기념이잖아."

트렁크에 넣어온 얇은 비닐 우비를 하나씩 입은 채 우리

는 오종종 바다 앞에 섰다. 지나던 식당 주인에게 부탁해 사진을 찍어 달라고 했다. "하나, 둘, 셋!" 하면 웃으려고 했는데 빗소리에 묻혀 목소리가 잘 들리지 않았다. 사진을 찍고 우중 산책이라도 하려던 찰나, 갑자기 굵어진 빗줄기에 너도나도 소리를 지르며 차로 다시 돌아왔다. 나중에 확인한 사진 속에서 엄마와 강은 눈을 감고 있었고, 나는 바람에 날린 머리카락이 얼굴을 덮고 있었고, 아빠 얼굴은 우비를 너무 깊숙이 쓴 탓에 보이지도 않았다. 엉망으로 나온 사진을 보며 우리는 깔깔 웃었다.

그 여행은 결국 바다를 보았던 맑은 세 시간과 비를 맞고 피하고 맞고 피하며 다녔던 나머지 시간으로 이루어져 끝났는데, 이상하게도 그때를 떠올리면 저 장면이 생각난다. 보라색, 흰색, 보라색, 흰색 우비를 나란히 입고 소리를 지르며 사진을 찍던 순간이. 비바람에 젖은 서로의 얼굴을 보며 놀리듯이 웃던 순간이.

어딘가에 시간을 내어 여행을 갔는데 비가 오면 어떻게 해야 할까?

여행을 하면 된다.

우리는 여행을 하러 온 거니까.

비가 내린다는 사실에 우울해져서 그 여행을 스스로 망치지만 않으면 된다. 그게 어디에서 무얼 하든, 비 오는 날을 잘 여행하는 방법일 것이다.

남을 부러워할 시간에 차근차근 내가 되어 가는 게

낫다. 진짜 어른은 나밖에 가지고 있지 않은 내

이야기를 소중히 여길 줄 아는 사람일 것이다.

부러우면 지는 건데
계속 질 때 읽는 글

    대학에 갓 입학한 새내기 시절. 그때 나는 성인이 된 티를 내려고 성급하게 염색한 머리를 하고 있었다. 왜 염색 머리가 성인의 상징이라 생각했는지는 모르겠지만. 상경한 동네 미용실에서 값싸고 독한 약으로 염색한 머리는 푸석푸석 갈라졌고, 채 며칠도 안 가 정수리에서부터 검은 머리가 모습을 드러내기 시작했다.

  어느 날 전공 수업 시간엔가, 아니면 공강 시간의 단과대 계단에서였던가. 짓궂은 동기 한 명이 햇빛을 받고 있는 내 머리를 보고 특유의 부산 억양으로 "쩌, 저, 탕╱수육╲ 쏘스 흘러내리는 거 봐라!"라고 했고, 그 뒤로 한동안 '탕슉'이라 불리는 슬픈 역사를 갖게 되었다. 지금 생각해도 나쁜 새끼… 이 얘기를 하려던 건 아니고, 아무튼 스무 살의 나는 시무룩한 탕수육 모양새를 하고서 캠퍼스를 걸어 다녔다.

촌스러운 머리를 한 채 주눅 든 속내를 들키지 않으려 애쓰며 사람들 틈바구니에 섞여 있었고, 거의 모든 일에 서툴렀으며, 그만큼 자주 남들 눈치를 보았다. 유일한 특기라고는 남들에게서 내게 없는 것을 찾아내 부러워하는 일이었다.

정말 그랬다. 대학 1학년은 거의 부러움으로 점철된 시기였다. 누군가를 부러워하는 데 그렇게 많은 시간을 쏟았다니 놀라울 정도다.

선배들과 잘 어울리는 동기를 보면 '쟤는 어딜 가도 사랑받는 타입이구나' 싶어 부러웠고, 재치 있는 농담으로 대화를 이끄는 친구를 보면 '저런 센스를 타고나서 좋겠다' 싶었고, 누구의 자취방이 부모님이 얻어 준 'OO 오피스텔'이라는 소리를 들으면 환하고 안온할 그 애의 일상이 부러웠다.

선배들로부터 사랑받는 나를, 친구들 사이에서 농담으로 좌중을 휘어잡는 나를, 햇빛 잘 드는 고층 오피스텔에서 기지개 켜는 나를 상상해 보았지만, 그건 어쩐지 탕수육 머리를 한 나와 어울리지 않았다. 사람들 앞에서 아무렇지 않은 척 웃으면서도 마음은 수시로 캄캄해졌다. 저 애들은 어쩜 저렇게 환할까. 나는 왜 이것밖에 안 되는 걸까. 선배든 동기든 알바생 친구든 누군가를 볼 때면 내게 없는 것들부터 보였다. 나도 아직 잘 모르는 '나'라는 사람의 존재가 흐릿하니, 그저 눈앞에 선명히 보이는 다른 사람과 비교하기에만 바빴을 것이다. 내가 가진 것은 보지 않고(실은 무엇을 가진 줄도 모르고), 남이 가진 것만 보고 낙담하면서.

물론 지금도 어느 날 갑자기 해탈한 듯 남이 부럽지 않거나 나라는 존재만으로 충만해 사는 게 즐겁고 그렇진 않다. 다만 그 시절의 어리고 서툰 나를 돌아보면 말해 주고 싶다.

'부러워해도 돼. 다만 거기 너무 오래 시간을, 마음을 쏟지는 마.'

남과 나를 비교하느라 스무 살을 캄캄하게 보낸 나는, 지금은 이렇게 생각한다.

1. 부러울 만한 건 부러워하자. 남에게서 더 나은 태도를 배울 수 있다는 건 좋은 거니까. 건강한 부러움은 인정.
2. 남을 부러워할 시간에 뭐라도 하는 게 낫다. 부러워하며 앉아 있어 봤자 아무도 내 인생을 대신 살아 주진 않는다.

누군가의 어떤 점이 부럽다는 건, 내겐 없는 무언가를 '결핍'으로 느끼고 있다는 것인데 그렇다면 그 부분을 조금이라도 채울 수 있는 행동을 하는 게 낫다. 건강한 몸매가 부러우면 운동을 하고, 지식이 부럽다면 책을 읽는 식으로. 남을 의식만 하고 앉아 있으면 제자리에 머물지만, 그것을 나에 대한 집중으로 돌리면 한 걸음이라도 앞으로 뗄 수 있다.

남이 아닌 나한테 집중하는 것.

그 어려운 일을 우리는 해내야 한다. 요즘같이 앞다퉈 SNS에 크고 작은 행복을 전시하는 시대에는 거의 수련이 필요한 일이 되었지만. 그럼에도 남을 부러워할 시간에 차근차근 내가 되어 가는 게 낫다. 그러다 보면 남의 인생을 부러워하는 것은 그때뿐, 나에겐 나의 이야기가 있다는 것을 알게 된다. 진짜 어른은 나밖에 가지고 있지 않은 내 이야기를 소중히 여길 줄 아는 사람일 것이다.

스무 살을 지나 비로소 성인이 된다는 건 이제부터 내 인생을 책임지겠다는 소리니까. 내 인생을 책임진다는 건 다른 게 아니라, 내가 나인 걸 인정하고 스스로를 조금이라도 더 행복하게 만들겠다는 뜻이니까. 그걸 깨닫는 순간, 우리는 어른 쪽으로 한 뼘 더 가까워지는지도.

Part 4

잘 외로워지는
연습

어떻게 보면 지금의 우리는 후회로 빚어진

인간들이다. 그 모든 실수와 후회들이 우리를

우리이게 했다.

흑역사가
어때서

얼마 전 주말, 스무 살 무렵부터 4년 남짓 살았던 동네에 갔다. 대학 입학을 앞두고 서울에 올라온 열아홉의 겨울부터 스물세 살의 여름까지 살았던 동네. 버스를 타고 많이도 변한 동네를 지나치는데, 너무 많은 기억들이 일시에 떠올랐다 차창 뒤로 흘러갔다. 그립기도 하고, 전혀 그립지 않기도 하며, 좋기도 하고 나쁘기도 한 기분. 무어라 말할 수 없는 감정들이 한 번에 밀려와 이내 마음이 어지러워졌다.

지금 와서 돌아보면, 그때 나는 고작 열아홉이었다. 아직 오지 않은 미래를 그려 보는 일로 하루를 보낼 수도 있는 나이. 수능을 갓 치른 내가 다이어리에 옮겨 적었던 계획들은, 어떤 의심도 없이 오직 미래에 대한 낙관과 기대로만 가득했다. 부모님 집을 떠나 처음으로 독립이란 걸 한 것부터가 내겐 생의 절취선을 그을 만한 사건이었다. 낯선 여행지처럼 서울은 걸어도 걸어도 궁금한 곳이 더 많은 미지의 도시였다. 아, 이 도시의 구석구석을 다 가 보게 되겠지. 이곳에서 멋진 추억들을 만들며, 멋진 연애를 하고, 멋진 어른이 되는 것으로 내 20대를 보내게 되겠지. 그렇게만 믿었다.

인생이 기대대로만 되는 것이라면, 그 시절은 얼마나 빛났을까. 하지만 정작 내가 겪은 20대는 아무리 해감을 해도 모래가 씹히는 조개 같았다. 원래 이런 건가? 내가 뭘 잘못한 건가? 의아해하면서, 아까워 버릴 수도 없어 모래가 씹히는 조개를 계속해서 먹는 기분.

기다렸던 스무 살의 나날은 장밋빛은커녕 얼룩덜룩했다. 주량도 잘 모른 채 무턱대고 술을 마시다 토하기 일쑤였고, 마음 붙일 곳을 찾지 못해 여기저기 기웃거렸으며, 새로 만난 사람들과 무난하게 어울리려 애쓰다 보니 짧은 봄이 다 가 버렸다. 그러자마자, 제 차례를 기다린 것마냥 우울이 밀려왔다. 그때의 나는 대체로 뭘 어떻게 해야 좋을지 몰랐기 때문에, 이리저리 쿵쿵 부딪치고 나서야 여기가 길이 아니라 벽이라는 걸 깨닫는 수준이었다.

내겐 없는 것을 굳이 남에게서 찾아내며 열등감에 시달렸고, 좋아하는 마음과 그저 기대고 싶은 마음을 구분하지 못했으며, 어려운 상황은 피하고 보다가 일을 더 꼬이게 만들기도 했다. 그 모든 실수와 우울과 지질함의 기억이 그 동네의 골목골목에, 울적한 밤이면 친구와 접선하던 개천 산책로에, 제일 늦게 문을 닫던 슈퍼 앞에, 구 남친과 울며불며 드라마를 찍고 앉았던 가로등 아래에 뿌려져 있었다.

내가 그 시절을 살았던 동네를 좀처럼 다시 찾지 않은 것은, 들여다보고 싶은 추억보다 그저 덮어 두고 싶은 후회가 더 많았기 때문이리라. 내 잘못으로 헤어졌던 연인을 다시 마주치고 싶지 않은 것처럼, 그 동네엔 굳이 보고 싶지 않은 예전의 내가 너무 많이 묻어 있었다. 좀 더 '잘' 살았더라면, 그곳을 일부러라도 찾아가 보고 했을까? 그래 보질 못했으니 여전히 알 수 없는 일이다.

(다행인지) 나만 그런 건 아니어서, 가끔 친구들을 만나 지난 시절을 이야기할 때면 서로의 흑역사가 엉킨 빨래처럼 줄줄이 딸려 나온다. 그때부턴 저마다의 놀릴 만한 역사가 안줏거리가 된다. 20대 초반을 함께 보낸 친구들이라는 건,

서로의 치명적인 흑역사를 너무 많이 공유하고 있는 사이라는 뜻이다. 그 무렵엔 누구 하나 나은 것 없이 못났었기 때문이다.

그때 우린 뭘 잘 몰라서, 치기만 넘쳐서, 진심이면 다 되는 줄 알아서, 걸핏하면 오해해서, 하나도 안 멋있는데 멋있는 줄 알거나 하나도 안 괜찮으면서 괜찮은 척하느라, 그 밖에도 말도 안 되는 숱한 이유들로 될 일도 망쳐 놓기 일쑤였다. 두고두고 회자되는 굴욕적인 이별이 있는가 하면, 친구들한테 지금까지도 사람대접 못 받게 만든 나쁜 이별도 있으며, 만취 상태에서 보여 준 추태는 파도 파도 끝이 없다. 게다가 더 슬픈 것은, 이런 자리에서 우스개로는 결코 말할 수 없는 진짜 흑역사는 각자의 마음속에 남아 있다는 사실….

어떻게 보면 지나간 시절이란 건, 밤새 쓴 편지 같은 것이다. 분명 당시엔 온 마음을 다해서 써 내려간, 내가 표현할 수 있는 최선의 단어들만 골라 쓴 편지였는데도 다음 날 보면 볼이 확확 달아올라 찢어 버리고 싶어지는. 그 시절 나의 마음이, 나의 최선이 나중에 보니 그랬다.

중요한 것은, '나중에 보니' 그렇더라는 것이다. 어느 시기가 지나야만, 우리는 과거의 나를 알아볼 수 있게 된다. 누구에게나 있을 '그땐 내가 정말 왜 그랬지' 싶은 기억들. 그 것은 곧 '지금의 나라면 그러지 않을 텐데' 하는 늦은 후회 이고, 지금의 나에게 과거의 내가 저지른 과오를, 서투름을, 비겁함을 알아볼 눈이 생겼다는 뜻이기도 하다.

그러니 과거를 돌아보며 부끄러워지는 것은 다행스러운 일이 아닐까? 뒤집어 보면 그것은 그 시절로부터 우리가 그 만큼 성장했다는 증거이기도 하다. 이제 우리는 지질함이 지질함인 줄도, 비겁함이 비겁함인 줄도 알아보게 되었고, 나 자신을 훼손하지 않는 더 나은 사랑을 선택할 수도 있게 되었으며, 서로의 '구못남'에 낄낄댈 만큼 여유도 생겼다.

실수와 후회로부터 매번 배우지는 못하더라도, 적어도 같은 실수를 반복하지 않으려 애쓰면서 여기까지 왔다. 그 러니 어떻게 보면 지금의 우리는 후회로 빚어진 인간들이 다. 그 모든 실수와 후회들이 우리를 우리이게 했다. 그렇게 생각하면 다행스러워진다. 스무 살의 나를 부끄러워하는 지 금의 내가, 그때보다는 조금 더 나은 사람이 된 것 같아서.

잡지 에디터 생활을 하며 그동안 인터뷰이로 만난 소설 가나 영화감독들도 비슷한 맥락의 이야기를 해 줄 때가 있 었다. 지금의 명성에 미치지 못하는 초기 작품들에 대해 물었을 때, 그들은 선선히 인정하며 말하곤 했다. 그 작품은 지금 보면 부족함이 너무 많이 보여 부끄럽다고. 하지만 그것은 또한 내 작품이 점점 나아지고 있다는 뜻이므로, 다행이기도 하다고. 그렇게 말했던 이들은 모두, 이 세상에 독창적인 아름다움을 보태고 있는 이들이었다.

우리의 스무 살도 그렇게 여기면 어떨까. 그 시절은, 지금 와서 보면 의욕만 넘쳤을 뿐 허술하기 이를 데 없는 초기작 같은 거라고. 그때는 누가 말해 줘도 보이지 않던 것들이 이제는 저절로 보이는 걸 보니, 그사이에 나도 한 뼘 정도는 성장했나 보다고.

물론 과거를 부끄러워한다고 해서, 그것을 다 성장이라 부를 수 있는 것은 아니다. 정말 '성장'이라 말할 수 있으려면 과거의 못난 나도 나의 일부로 받아들일 수 있어야 한다. 그것은 그 시절의 내가 고군분투한 덕분에, 지금의 내가 있음을 인정하는 일이다. 낯부끄러운 초기작이라고 해서 내 작품이 아닌 것은 아니니까. 그때의 나에게도 수고했다고 말해 줄 일이다.

그 못나고 지질했던 것이 스무 살의 나였다. 생각해 보면,

'충분히 현명한' 스무 살이란 게 세상에 존재하기나 할까? 우리는 단지 그 나이에 어울릴 만큼 서툴렀고, 그 서투름으로 상처를 주고받았으며, 그 상처가 아무는 동안 고유한 흉터를 지닌 지금의 우리가 되었다. 내가 나답다는 것은 결국 구별되는 그 흔적을 말하는 것일지도 모른다.

그러니 흑역사 앞에 끊임없이 부끄러워지는 스스로에게 말해 주어야지. 알면 됐어. 그게 너야.

그래도, 부끄러워서 다행이다. 지나간 시간이 아무것도 아닌 건 아니어서. 삶은 여전히 기대대로 흘러가지 않을 테지만, 내가 조금씩 나아지리라는 것만은 기대해 볼 수 있어서.

외로운 우리가 조금 덜 외로워지는 방법이 있다면,

그건 상대도 나와 다르지 않다는 것을 잊지 않는

일일 것이다.

누구에게나
사연은 있다

대학교 때 학과의 소식지를 만들었다. 몇 페이지 안 되는 종이에 학과 소식을 담고 그걸 내 언어로 쓰는 일이 재밌었다. 그 일을 하며 친해진(그러니까 그 일을 하지 않았더라면 친해질 리 없었던) 조교 선배가 장학금을 추천해 주었다. 이런저런 것을 증명하면, 다음 학기 장학금을 받을 수 있다고. 하지만 지금도 그렇듯이 가난을 끝까지 구체적으로 증명해야 받을 수 있는 장학금이었다. 나는 아빠에게 여태 한 번도 제대로 물어본 적 없었던 정확한 채무액을 물었고, 그것을 내게 서류로 떼어 보내 줄 수 있느냐 물었다.

우리는 그 과정을 기계적으로 했다. 필요했으므로. 잠깐의 서글픔만 참으면, 어쩐지 그 정도를 참는 것으로는 과분하게 느껴지는 듯한 장학금을 받을 수 있었으므로. 그때나 지금이나 어렵고 힘든 감정은 일단 외면하고 싶어 하는 내가, 그 과정을 얼마나 어른스럽게 해내었는지는 모르겠다. 다만 그런 방식으로 장학금을 받으려 하는 것이 아빠에게 상처가 되지 않기만을 바랐다. 그러나 결국은 상처가 되었을 것이다. 누구도 상처 주려 한 적 없는데 서로가 입고 마는 그런 종류의 상처였다.

서류를 들고 장학금을 신청하러 가는 길, 그리 친하지 않던 동기를 우연히 만났다. 동기가 어딜 가는 길이냐고 물었다. 학과 사무실에 간다고 했다. 무슨 일로 가느냐고 물었다. 장학금을 신청하러 간다고 했다. 무슨 장학금이기에 지금 신청하느냐고 물었다. 이상하게 그 순간엔 솔직해지고 싶었다. 물었으므로, 대답하고 싶었다. 어쩌면 누구에게든 한 번쯤 그 시절의 답답한 속내를 말하고 싶었는지도 모르겠다. 내가 대답하자 동기는 순수하게 놀라워하며 말했다.

"네가?"

그 순간 그 말이 왜 그리 서운하게 들렸을까. 하지만 서운함을 느끼는 동시에 알았다. 이것은 내가 만든 서운함이라는 것을. 동기들 앞에서 최대한 아무렇지 않은 척하고, 그늘 없는 척 구김 없는 척 언제라도 이렇게 어울려서 웃고 떠들 수 있는 척 노력해 온 결과였을 것이다.

그 시절의 나는 늘 '척'하며 살고 싶었던 것 같다. 원래의 그냥 그런 나로는 잘 살아 볼 자신이 없었다. 필사적으로 내게 필요한 척들을 했다. 친구가 많은 척, 뭐라도 재능이 있는 척, 학교에서 보이지 않는 시간만큼 밖에선 뭔가 의미 있는 일을 하는 척, 어딘가 특별한 구석이 있는 사람이어서 나중에 특별한 일을 할 수 있는 척.

돌아보면 그 아까운 시간 동안, 왜 그리 척을 많이 했던가 싶다. 그냥 좀 서투르고 별로인 나를 보여 주어도 되었을 텐데. 고만고만한 또래들끼리 만나 뭐 그리 괜찮은 척을 하고 싶어서. 명랑했다가 우울했다가 널을 뛰던 감정을 그대로 내보이고, 가끔은 술에 취해 길바닥에 앉아 엉엉 울어 봤어도 좋았을 텐데. 그렇다고 그들을 잃거나 나를 잃는 것도 아니었을 텐데. 이상하게 그 시절을 떠올리면 하나도 내가 아니었던 내가 거울에 비치는 기분이다.

몇 년 전 방영했던 드라마 〈청춘시대〉는 진명, 예은, 지원, 이나, 은재 다섯 명의 하우스메이트가 셰어하우스에 살며 벌어지는 일들을 그린다. 그중 한 일화가 기억난다. 자신을 아끼지 않는 애인을 둔 예은은 우연히 그가 이나에게 보낸 문자 메시지를 발견하며 둘 사이를 의심하게 된다. 그 후로 신경이 극도로 예민해져 사사건건 이나에게 시비를 거는 예은을 두고, 지원은 은재에게 이렇게 설명한다.

예은에게 쌍둥이 언니가 있는데, 엄청난 수재인 데다 예은보다 훨씬 예쁘고 키도 크다고. 어려서부터 모든 관심이 언니에게 쏠렸으니 걔가 좀 치여서 자랐겠느냐고. 그런 환경에서 자라 자존감 없는 애가 연애를 잘못하면 저렇게 되는 거라고.

"그렇구나. 예은 선배는 되게 좋은 집에서 되게 행복하게 자란 줄 알았는데. 어…? 근데 예은 선배 외동이라고 하지 않았어요?"

처음 듣는 얘기에 고개를 주억거리다가 이상한 듯 되묻는 은재에게 지원은 들켰다는 얼굴로 배시시 웃으며 이렇게 대답한다.

"너 방금 내 얘기 듣고 예은이가 그럴 만도 하다 싶었지? 그러니까 내 말은, 내 얘기가 정답은 아니라도 사람마다 죄다 사정이란 게 있다는 거야. 그 사정 알기 전까지 이렇다 저렇다 말하면 안 된다는 거. 예은이뿐만 아니라 강 언니도 그렇고, 윤 선배도 그렇고, 너만 해도 그런 거 하나쯤은 있을 거 아냐. 남들은 도저히 이해 못 해도 너는 그렇게밖에 할 수 없었던 어떤 거. 그러니까 남의 일에 대해선 함부로 이게 옳다 그르다 하면 안 된다는 거야."

그러게 말이다. 거짓말로 꾸며 낸 사정에도 '그 사람이 그래서 그랬구나' 고개 끄덕이는 우리가 현실에선 얼마나 쉽게 서로를 판단하고 마는지. 내가 보고 느낀 게 전부인 양, 상대방을 '그럴 만한' 전사(前史)도 없는 납작한 캐릭터로 여긴다.

갓 스무 살이 되어 서울로 올라왔을 때 나 역시 은재만큼이나 어리숙했다. 집도, 동네도, 학교도, 친구도 모든 것이 낯선 곳에서 가장 익숙한 것은 나 자신뿐이었다. 나와 함께 다니며 타인을 쉽게 판단했다. 나는 뭐든 열심이고, 나는 생각이 많고, 나는 눈치와 예의를 갖췄다고 여겼기 때문에 그렇지 않아 보이는 누군가를 결론 내리기란 쉬웠다. 반면 내가 갖지 못한 것을 가진 사람, 구김살 없이 자란 (것처럼 보이는) 사람은 또 금세 부러워했다. 부러워하면서, 그 부러움 때문에 미운 점을 꼭 찾아냈다. 어리광이 심하다거나 모르고서 하는 행동이 너무 이기적이라는 식으로. "쟤는 왜 저럴까"와 "쟤는 참 좋겠다" 사이. 타인에 대한 판단이란 단지 그 둘 사이를 오갈 뿐이었다.

대학에서 새로 시작된 관계들은 소꿉친구나 동네 친구들과는 또 달랐다. 뭘 모르고서 친해졌던 어린 시절과 달리, 다 자라서 만난 우리들은 적당히 사회적인 얼굴과 태도로 각자의 사정을 감출 줄도 알게 되었다. 그래서 누구나 '덤덤히 잘 살아가는 척'을 한다. 다들 그렇게 사는 듯 보이므로, 그러는 것이 서로에게 편하므로.

복잡한 집안 사정을 털어놓거나 트라우마처럼 남아 있는 기억에 대해 말하거나 어린애처럼 솔직한 감정을 보여 주는 일은, 내 바닥을 드러내는 것 같아 꺼리게 된다. 적당한 인간적 예의를 지키고, 농담을 주고받고, 시시콜콜한 연애 고민을 나누고, 같이 사진을 찍어 SNS에 올리는 일 정도는 어렵지 않다. 그래서 매일 같은 수업을 듣고, 심지어 같은 공간에 살면서도 '진짜 이야기'는 좀처럼 하지 않는다. 그것은 한 번도 써 본 적 없는 언어로 인사하는 것처럼 어렵기만 하다.

이상한 것은, '나의 사정'은 그런 이유로 감추며 사는 우리가 다른 이에겐 그런 사정 같은 게 없으리라고 생각해 버린다는 것이다. 내가 감추었듯, 그들 역시 감추어서 보이지 않는 것뿐일 텐데도. 내가 남에게 보이기로 마음먹은 모습만 보이듯, 상대방 역시 그럴 텐데도. 학교 앞에서 매일 술자리를 벌이며 별 생각 없이 사는 듯한 K에게, 모두에게 사랑받는 천생 외동인 J에게, 그럴 법한 사연이 있을 것 같진 않다. 그렇게 내가 느낀 대로, 나 편한 대로 상대를 판단하고 분류해 놓은 다음, 좀처럼 그 결론을 수정하지 않는다. 그래서 미처 눈치채지 못했던 그 사람의 이면이나 속사정을 알게 되었을 때, 우리는 놀라고 마는 것이다. '너한테 그런 사연이 있었구나' '내가 너를 정말 몰랐구나' 하고.

그러니 우리는 외로워질 수밖에 없다. 나는 보이는 모습이 전부가 아닌데 마치 전부인 것처럼 오해받고 있다고 속상해하면서, 상대에 대해서는 같은 오해를 반복하니. 나를 규정하듯 하는 말에는 나에 대해 뭘 아느냐고 불쾌해하면서 다른 이에게는 그런 말을 서슴지 않으니.

그날, 햇볕 들던 단과대 앞에서 나를 서럽게도 서운하게도 했던 그 빚은 이제 다 갚았고, 나는 내 월급으로 나를 먹여 살릴 수 있는 나이가 되었다. 그것만으로 충분히 어른이 되었다고 느낀다. 가끔은 이렇게 살 수 있게 된 것에 어리둥

절해지기도 한다. 그리고 때때로 "네가?" 하고 되묻던 동기의 얼굴을 떠올린다. 그건 어쩌면 의외의 반가움이었을지도 모르겠다고. 너에게도 사정이 있어서 반갑다고. 나만 빼고 다들 적당히 잘 사는 것 같아 힘들었는데, 너도 힘들었었냐고. 어쩌면 그 친구가 4년간 말 못하고 다녔을 그만의 사정에 대해서도.

그때의 경험이 살아가다 한 번씩 나를 정신 차리게 만든다. 누군가를 어떤 종류의 사람에 쉽게 분류해 넣을 때마다, "그 사람 원래 그렇잖아" 하고 누군가에 대해 함부로 말하고 싶어질 때마다 떠올린다. 모두가 '척'하며 살고 있을 어떤 부분에 대해.

스무 살 시절, 우리가 바라본 서로가 과연 서로였을까. 그게 서른이 넘은 지금이라고 과연 다를까 생각한다. 오랜만에 만난 동기들이 아무렇지 않은 척, 그럭저럭 잘 살고 있는 척, 이대로도 괜찮은 척 옛날 얘기나 나눌 때마다 오늘 우리가 나눈 숱한 대화들과 그 대화의 수면 밑으로 가라앉은 채하지 못한 얘기들이 얼마나 많을까를 생각한다. 언젠가 친구가 말해 준 '좋아 보이기만 하는 인생은 있어도 좋기만 한 인생은 없다'는 말을 떠올린다.

예전에 술자리에서 "아무리 원수 진 사이여도 포장마차에 앉아 새벽까지 술잔을 기울이다 보면 종내엔 어깨를 끌어안고 울게 된다"는 얘길 들은 적 있다. 그땐 몰랐는데 이젠 그것이 감춰진 사연에 대한 이야기라는 걸 알겠다. 말 못할 사정을 마침내 말하게 될 때 우리는 서로를 끌어안고 울게 되는 존재란 것도. 하지만 모두와 일대일로 포장마차에 갈 순 없으니 이렇게 생각하면 어떨까.

누구에게나 사연은 있다고.

외로운 우리가 조금 덜 외로워지는 방법이 있다면,

그건 상대도 나와 다르지 않다는 것을 잊지 않는 일일 것이다.

여기까지 살아오는 동안 내게 그토록 많은 일들이 겹겹이 일어난 것처럼, 그 시간들이 포개지고 포개져 지금의 내가 된 것처럼 누구에게나 그렇다. 지금의 그를 이룬 크고 작은 일들, 아무에게도 말하지 못한 사연이 하나쯤 있을 것이다. 종내는 우리를 끌어안고 울게 할지도 모를 사연이.

아끼는 마음도 행동으로 옮겨지지 않으면 그다지

소용이 없다. 표현하지 않은 마음은 사실 세상에

없는 것과 마찬가지기 때문에.

마음만으로는
안 되는 일

　　가끔 기분 전환을 하러 꽃시장에 간다. 마음에 드는 화분을 하나 고르고, 어떻게 키우면 될지 물어본다. "반그늘이 제일 좋아요. 물은 일주일이나 열흘에 한 번 겉흙이 말랐다 싶을 때 주시면 되고." 아, 반그늘, 겉흙, 쉽네… 일 리가 없고, 전혀 알아듣지 못한 채 되묻는다.

　"그러니까 물은 일주일에 한 번이요?"
　"네. 겉흙이 완전히 말랐다 싶을 때 흠뻑 주는 게 좋아요."

　그리고 두어 달 뒤, 화분 앞에서 또다시 상심해 있는 나를 발견한다. 새로 들인 화분이 맥없이 죽고 나면 마음도 축처진다. 분명 꽃집에서 배운 대로 일주일에 한 번씩 물도 주

고, 햇볕도 적당히 쬐어 주었는데…. 하라는 대로 다 했는데도 이 모양인 걸 보면 나는 어쩔 수 없는 연쇄 살초마인가 보다고 스스로를 단념하게 되는 것이다.

그렇게 몇 개의 식물을 떠나보내고 난 뒤, 깨달은 게 있다. 가만 되짚어 보면 꽃집 주인들의 말은 기계적으로 일주일에 한 번 물을 주란 게 아니었다. "겉흙이 완전히 마른 게 보이면 주세요." 그건 이 나무가 과습에 약한 편이므로 조금 건조하게 키우라는 말. "잎 가장자리가 쪼글쪼글해지면 물이 필요하다는 뜻이에요." 물 주는 날짜를 딱 정해 놓기보다 계절에 따라 습도에 따라 달라지는 잎의 상태를 살피라는 말. "햇볕이 너무 강하면 붉게 변해요." 볕이 너무 세진 않은지 때때로 식물의 안색을 들여다보아야 한다는 말.

그 정도 관심도 못 기울이면서 나는 내가 식물을 키운다고 생각할 때가 많았다. 너무 목마르거나 햇볕이 뜨겁다고 내내 말을 걸고 있었던 식물을 모른 채 지나치면서.

예전엔 '마음이 있으면 되지'라고 생각했는데 지금은 마음을 옮겨 놓은 행동이 훨씬 중요하다는 생각을 한다. 내 돈 주고 식물을 사서 집 안에 들였으니 내겐 당연히 식물을 아끼는 마음이 있다고 생각했지만, 그건 어디까지나 '생각'일 뿐이었다. 아끼는 마음도 행동으로 옮겨지지 않으면 그다지 소용이 없었다. 표현하지 않은 마음은 사실 세상에 없는 것과 마찬가지기 때문에. 게다가 그 마음이란 건 궁색한 변명과 자기합리화가 필요할 때 꺼내 드는, '나만 알고 있던' 마음에 그칠 때가 더 많으므로. 그렇게 생각하고 보니 정말 그랬다.

"생일 잊어서 미안해, 근데 마음은 그런 게 아니었어."
  → 진짜 마음이 있었다면 잊지 않았을 것이다. 매번 애꿎은 덤터기만 쓰는 '그런 게 아닌' 마음은 또 무슨 죄인가.
"섭섭하게 해서 미안해, 그러려고 했던 게 아닌데."
  → 애초에 섭섭할 일을 만들지 않는 게 어땠을까.
"나 원래 이런 거 잘 못 하는 거 알잖아."
  → '원래'라니… 그냥 내가 그러지 않는 게 편하니까 노력을 하지 않았던 것뿐이다.

그러니까 그런 말 뒤에 숨어서, 보이지도 않는 '마음' 뒤에 숨어서, 보이는 행동을 자꾸 변명하는 내가 보였다. 어느 날은 빵집에서 엄마 생일 케이크를 고르려다 한참을 서 있었던 적이 있다.

'아… 저번에 엄마가 맛있다고 했던 게 고구마 케이크였더라, 생크림 케이크였더라?'

무슨 케이크가 좋을지 속 편한 고민을 하는 줄로만 알고 있던 친구가 옆에서 거들었다.

"뭘 고민해. 그냥 엄마가 좋아하시는 걸로 사."

그러니까… 그걸 모른다는 게 내 문제야…….

내 마음이란 고작 그런 것이었다. 생일을 챙기려고만 할 뿐 정작 그 사람이 좋아하는 게 무언지도 모르는. 더 나쁜 건 다음 해에도 같은 고민을 한다는 것이다. 그러면서 잘도 "내 마음 알지?"라고 말한다. 그런 마음을 누가 알겠는가.

누군가를 좋아하고 그 누군가에게 마음을 쓴다는 건, 그 사람에 대해 더 많은 'TMI Too Much Information'를 가지고 있다는 말과 다르지 않을 것이다. 그 사람이 지금 어떤 마음 상태인지, 무엇을 좋아하고 또 무엇을 가리는지, 요즘 무엇이 필요하다고 했었는지, 이 둘 중에 그 사람이라면 무엇을 고를지. 사소하지만 사실은 제일 중요한 그런 디테일을 알려고 해야 한다. 그러지 않으면 물도 잘 줬는데 왜 시들어 버린 거냐고 애꿎은 식물만 탓하는 사람이 되겠지.

"내 마음을 궁금해하는 사람을 곁에 둬야 한다. 그리고 나도 상대의 마음을 궁금해해야 한다. 나에 대한 마음을 궁금해하는 것 말고 그냥 상대의 마음이 궁금해야 한다. 우리는 궁금해하는 것이 얼마나 중요한지 배우지 않았다. 그게 얼마나 따뜻한 경험인지."

언젠가 정신건강의학과 전문의인 서천석 박사의 SNS에서 보고 노트에 옮겨 적어 둔 말이다. 누군가를 궁금해한다는 건, 마음을 행동으로 옮기는 그 중간 즈음에 있을 것이다. 나는 당신의 안부가 궁금하다. 궁금해하는 데 그치지 않고, 실제로 말을 걸어 묻는다. 잘 지내느냐고. 그만큼을 건너가기도 사실은 어렵다. 마음은 있지만 표현하지 못하고, 잘해 주지 못하고, 만나지 못하는 그런 게 우리에겐 더 흔한 일이기 때문이다. 바쁘니 누구나 그럴 수 있다지만, 다 같이 바쁘기 때문에 그런 마음이 더 귀해지는 것인지도.

…… 라는 글이나 쓸 시간에 실은 마음 있는 사람에게 연락이라도 한 번 더 하는 게 낫다. 그것이 이 글의 유일한 교훈이라면 교훈이다. 그만하고 엄마한테 전화하러 가야지. 오랜만의 전화에 엄마는 늘 받아치는 경상도식 화법으로 이렇게 대답할 것이다.

"하이고, 딸래미 오랜만이네. 어데 외국 갔다 왔나."

그러게, 나는 외국도 안 갔으면서 전화는 왜 안 해 가지고.

인생은 같은 트랙을 달려 결승점 리본을 누가 먼저

끊고 들어가느냐의 문제가 아니다. 우리는 결국

모두, 다른 곳에 도착하게 될 것이다.

각자의 인생,
각자의 속도

올해로 서른여섯. 나는 아직 내가 어린 것 같은데 TV에 나오는 아이돌 친구들이 마냥 귀여워 보이고, 2000년생들이 대학을 다닌다는 데 깜짝 깜짝 놀라곤 한다. 누구나 그렇겠지만 어느 모임에 가도 막내이던 시절을 지나, 어느 모임에 가도 막내가 아닌 나이가 되니 어리둥절하다.

오디션 프로그램이 우후죽순 생겨나던 때는 더 그랬다. 고작 열 살, 열두 살쯤인 친구들이 생전 서 본 적 없을 커다란 무대 위에서 뜨거운 방송국 조명을 받으며 처음 만난 심사위원들 앞에서 떨지도 않고 평소 기량을 선보이는 걸 보면 마냥 놀라웠다. 놀라워서 볼 때마다 이 말을 정말 많이 했다.

"와, 어떻게 저러지."

"난 저 나이 때 코만 흘렸는데."

그다지 코 흘리던 꼬마도 아니었으면서, 그런 말이 자꾸 나온다. 아니, 2007년에 태어난 사람이 어떻게 저런 걸 하지! 열세 살이 어떻게 저런 말을 하지! 정말 놀라워서 그런다. 저 나이 때의 나를 상상하면 도무지 가능할 리 없는 일들을 해내는 아이들을 보면, 이 나이의 내가 그 앞에서 코를 흘리고 있는 것만 같기 때문이다. 딱 저만한 나이에 나는 어땠더라. 마당에 쪼그리고 앉아 개미가 줄지어서 먹이를 나르는 모습이나 구경하고, 일요일 아침이면 시작될 만화영화만 손꼽아 기다리곤 했었는데. 자기가 뭘 좋아하는지 알고, 그걸 또 얼마나 잘할 수 있는지도 알고, 더 잘하고 싶어 연습하는 열 몇 살이라니. 놀라울 따름이다.

어쩌다 보니 너무 젊은 회사로 이직해 버렸을 때의 기분도 비슷했다. 이전 회사에서 막내로 몇 년 동안 일했었기 때문에 으레 선배들이 있겠거니 하고 이직을 했는데, 10층 전체에서 (여자 직원들 중에) 내 나이가 제일 많았다. '서른둘이 이럴 나이였던가?' 싶어 '아, 여긴 정말 젊은 회사구나…. 내가 잘못 왔나…' 생각했던 거 같다. 출근 첫날 똘망똘망한 눈을 한 친구들이 갑자기 나에게 "선배"라고 부르기 시작했다. 에디터 생활 몇 년 만에 처음으로 후배란 게 생겼다. 처음 듣는 선배란 말은 어쩐지 설레면서도 부담스러워서 '자, 이제 그럼 선배답게 뭘 한번 해 볼까' 하고 팔뚝을 걷어 보지만 뭐 하나 해낼 만한 건 없고 그랬다.

그 후 함께 부대끼며 일하는 동안 나이를 의식하는 일은 줄었지만, 그래도 이따금 어떤 일을 하다 말고 몇 년 어린 후배들을 보며 그 나이 때의 나를 떠올리곤 한다. '나는 저 맘때 정말 서툴렀는데 이 친구는 이만큼을 하는구나' 생각할 때도 있다. 이 쉬운 걸 왜 이제서야 알았을까 싶은 것도 있고. 그런 생각을 하다 보면 아무래도 나보다 몇 년을 덜 산 사람의 시간이 좀 부럽게 느껴진다. 나도 저 나이 때 이런 걸 알았더라면, 이런 걸 해낼 수 있었더라면 좋았을 텐데 하고. 마치 그 시간만큼을 더 벌 수 있다면 지금의 내가 더 현명해지기라도 할 것처럼. 그럴 수 있을 리가 없으므로, 그건 참 이상한 부러움이다.

종종 현재의 내 나이에 대해 생각한다. "실례지만 몇 살이세요?" "몇 살처럼 보이는데요?" 이런 식의 대화에 두드러기가 돋는(법으로 금지시켜야 한다) 나로서는 나이에 집착하는 건 참 별로라고 생각하는데도, 이따금 의식하지 않을 수 없는 고작 두 자리의 그 숫자. 내 나이만을 뚝 떼어 놓고 생각하지 않고, 다른 사람과 비교하기 시작하면 더 그런 것 같다.

'저 사람은 스물 몇 살에 벌써 저런 빛나는 재능으로 반짝이는구나. 나는 이렇게 신세 한탄하는 글이나 쓰고 있는데. TV에 나오는 저 꼬마가 나보다 훨씬 낫네. 역시 나는 인생을 헛산 걸까?' 뭐 그런 생각들. 나보다 어린 누군가의 빛나는 성취를 볼 때, 남들은 이 나이 때쯤 다 이룬 것을 나만 못 이룬 것 같을 때. 어째서 타인의 삶을 이토록 함부로 부러워하는가, 생각하면서도 자꾸만 비교하게 되는 것이다.

엄마 말에 따르면 나는 말도 글도 일찍 뗐다는데, 이상하게 자라면서는 내가 남들보다 느리다는, 그래서 어딘가에 자꾸 늦게 도착한다는 심정으로 살게 됐다. 그런데 그건 애초에 자꾸 옆을 돌아보기 때문에 생기는 감각일 뿐이다. 멀쩡히 걷다가도 나보다 잰걸음으로 걷는 사람을 보면 나도 열심히 걸어야 할 것 같은 초조함을 느끼고, 비슷하게 출발한 것 같은데 벌써 저만치 앞서 나가는 사람을 보면 나는 저 사람이 저기까지 갈 동안 뭐 했나 싶어지는 그런 것. 그럴 때마다 내 걸음은 나만의 온전한 속도가 아닌, 누구보다 상대적으로 느린 속도가 되어 버린다.

하지만 남들하고 비슷한 나이에 최대한 비슷한 성취를 이루면서 살려는 게 무슨 의미가 있을까? 인생은 같은 트랙을 달려 결승점 리본을 누가 먼저 끊고 들어가느냐의 문제가 아닌데. 각자의 길을 걸으면서 그 길에서 무얼 겪고 보았느냐가 자기만의 인생을 만드는 건데. 우리는 결국 모두, 다른 곳에 도착하게 될 것이다.

'생애 주기'라는 게 정해져 있다고 믿는 세상에서 남들과 보조를 맞추느라, 사람들이 자기 나이를 사는 데 흔들리지 않았으면 좋겠다. 남들과 다른 속도는 결코 '뒤처지는' 일이 아니니까. 고등학교 졸업하고 대학을 좀 늦게 갈 수도(안 갈 수도) 있는 거고, 이런저런 경험을 하느라 혹은 그냥 아무것도 하지 않고 쉬어 가느라 졸업이 늦어질 수도 있는 거다. '그 좋은 나이에' 세상이 해야 한다고 말하는 일들 다 밀어 둔 채로, 자아도 찾지 않고, 어학 공부도 하지 않고, 여행도 하지 않고, 경험 같은 거 쌓지 않고, 아무것도 아닌 시간을 보낼 수도 있는 거다. 그건 결코 버리는 시간이 아니다. 낭비도 아니다. 그냥 내가 내 마음의 흐름에 따라 내 시간을 사는 일일 뿐이다.

우리는 어떤 나이에도 늦을 수 없다.
삶의 어떤 시간에도 실은 늦게 도착한 적 없다.

지금에 이르러 내가 겨우 이해한 시간이란 그런 것이다.
그 사실을 잊지 않으려고 내 나이를 똑바로 바라보려 노력
한다.

서른여섯, 가을이 깊어가고 있다. 올해는 유난히 빨리 지
나간 것처럼 여겨졌는데(이런 말을 하면 친구들은 이제 더 빨리
지나갈 일만 남았다고 대답하곤 한다) 곧 겨울이 오고 내년이면
서른일곱이 되겠지. 써야 할 원고를 쓰지 못한 채 며칠이 흐
르고, 회사에서 내가 무얼 더 할 수 있을까 생각할 때면 조
금 초조하다는 생각도 들었는데, 그 초조함이 무엇을 가리
키는가 생각하다가 초조해지지 말자고 마음먹었다.
나는 내 시간을 살아갈 뿐이니까. 내가 천천히 겪은 변화
들, 내 시간을 살며 만난 사람들과 알게 된 경험들, 그런 것
들을 소중히 여기면서 남을 함부로 부러워하지 말고, 늦지

도 이르지도 않은 '그냥 내 나이'를 받아들이며 지금처럼 내 속도대로 걸어야지. 그거면 된다.

가까워지고 싶다면 조금 더 용기를 내도 되고,

노력해도 된다. 마음을 주는 건 결코 후회할 일이

아니니까.

어른이 되어
친구를 사귀는 법

대학에선 진정한 친구를 만들지 못한다는 바보 같은 저주를 들으며 스무 살이 되었다. 그런 소리는 왜들 했는지 모르겠다. 스무 살은 누구와도 친구가 되고 싶은 나이였다. OT에서 옆자리에 앉았다는 이유로, 학교 앞에서 자취를 한다는 이유로, 같은 동아리에 들어갔다는 이유로 신입생들은 삼삼오오 몰려다녔다. 낯선 환경에서 빨리 무리를 지어야 한다는 불안함이 우리를 어떻게든 모이게 만들었을 것이다. 위협해 오는 포식자도 없는데 알아서 무리를 만드는 초식동물처럼. 어쩌면 그 시절 우리가 두려워한 것은 외로움이었으리라. 고립감이었거나.

그리 즐겁지도 않은 술자리에 앉아 소리 내어 웃으면 더 즐거워지기라도 할 것처럼 웃었고, 주량을 넘어서는 술을 마셨고, 그런 시간이 쌓이면 저절로 친구가 되는 거라 믿었다. 돌아보면 그때가 친구를 자연스럽게 만들 수 있는 마지막 시기였던 것 같기도 하다. 비슷한 주머니 사정을 가지고 비슷한 술집에 모여 비슷한 고민을 나누다 보면 모두가 비슷하게 여겨졌고 그 유사함이 친밀감을 만들었으니까. '동기'는 곧 '친구'이기도 했던 시절. 그 사실을 선선히 받아들이는 게 그리 어렵지 않았다. 실제로 얼마나 가까워질 수 있는지를 떠나서 타인을 향한 마음의 문턱이 낮았던 때였다. 나도 그랬던가? 지금 돌아보면 잘 모르겠다.

그 시절의 나는 잘 섞여 있는 사람이고 싶었다. 아니, 어느 자리에서든 자연스러운 사람처럼 잘 어울리고 싶은 욕망과 특별한 사람으로 홀로 떨어져 있고 싶은 욕망이 붙어 있는 나무처럼 같이 자랐다. 하지만 실제로는 이도 저도 아닌 채, 어떤 자리에 있든 내가 좀 겉돈다고 느끼곤 했다. 10년이 훌쩍 지난 지금 생각해 보면, 사랑받고 싶은 마음을 품고 있으면서, 정작 속으로는 그 자리의 누구도 믿지 못했던 것 같다. 이 사람들이 나를 좋아해 주었으면 좋겠다고 생각하면서도 내가 먼저 누군가를 향해 마음을 열진 못했다.

왜인지 모르겠지만 학창 시절부터 무리를 지어 다니는

것엔 서툴렀다. 네 사람 이상이 모이면 좀 부담스러웠고 여럿일 땐 왠지 하나 마나 한 대화만 하게 되는 것 같았다. 진짜 고민은 집에 두고 온 사람들처럼 오늘 수업에서 졸던 교수 얘기, 어제 본 드라마 얘기, 누가 헤어졌다는 뒷얘기 같은 것만 나누고 나면 집에 돌아오는 길이 헛헛했다. 그나마 둘이 마주 앉아 얘기할 땐 서로에게 집중하고 마음을 좀 더 터놓게 되는 것도 같은데.

그래서인지 늘 한 사람이면 된다는 마음으로 지냈다. 지금은 뿔뿔이 흩어진 고등학교 동창들 중에서 한 명, 대학 동기들 중에서 한 명, 첫 회사에서 한 명, 두 번째 회사에서 한 명, 그런 식으로. 가짜인 여럿보다는 진짜인 한 명으로 충분하다고 생각했다. 하지만 가끔씩 서넛이 무리를 이루어 여행도 다니고 생일 파티도 하는 사람들을 보면 내가 어딘가 부족한 사람처럼 여겨지기도 했다. 수업이 끝나고 나란히 점심을 먹으러 가는 친구들 무리를 바라보던 대학 시절처럼. 나는 왜 무리 생활에 서툰가. 나만 친구 그룹이 없는 건가. 그런 생각이 드는 것이다.

시간이 흘렀지만, 대단한 인간관계 스킬이 쌓이진 않았다(그런 게 쌓일 리가). 여전히 친구는 어디서 어떻게 만드는 건지 모르겠다. 스물여섯부터 잡지사 에디터로 일했지만 잡지 일을 통해 만난 사이가 친구로 발전한 경우는 거의 없다. 왠지 모르겠지만 일로 만난 사이가 '친구가 될 수도' 있다는 생각을 하지 못했고, 우리를 만나게 해 준 바로 그 일이 끝난 후에 사적인 연락을 한다는 게 어쩐지 쑥스러웠다.

같이 일했던 사람들 중에는 그런 걸 자연스럽게(놀랍게도!) 하는 사람들이 있었다. 나도 분명 같은 자리에 있었는데, 나중에 두 사람이 친해졌다는 걸 알게 되면 신기하기도 하고 좀 질투도 났다. 저렇게 연락해도 되는구나. (저런 대단한 인터뷰이와) 친해질 수도 있는 거구나. 물론 그런 걸 알게 되었다고 해서 먼저 연락할 수 있는 용기가 생기는 건 아니었다. 귀찮아하지 않을까? 부담스러워하면 어쩌지? '이 사람 왜 이래'라고 생각하진 않을까? 실은 전혀 친해지고 싶지 않은데 내 문자에 마지못해 답하는 건 아닐까? 온갖 경우의 수가 (주로 부정적인 쪽으로) 머릿속을 채웠기 때문에 차라리 포기가 편했다. 어차피 난 별 볼 일 없는 사람이니까, 그리 매력적인 친구가 아니니까 상대방이 원치 않을 거라 생각하고 늘 한 발을 뺀 채로 단념하곤 했다. 꼭 친구가 되지 않아도 괜찮아. 멀리서 좋아하면 되지. 지금까지 그래왔던 것처럼.

그런가 하면 일상 속에서 종종 자연스러운 친화력을 지닌 사람들을 만나기도 한다. 먼저 보자고 말하고, 어디에 가자고 말하고, 생일을 챙기고 메시지를 보내 안부를 묻는 사람들. 타인의 반응을 재지 않고 그냥 지금 자신의 마음을 열어 보이는 사람들. 정말 마음의 문이란 게 있다면 그런 사람들의 문은 울타리 사립문에서부터 현관문, 방문, 서랍 문까지 다 열려 있는 것만 같았다. 그러지 않고서야 타인을 저렇게 대할 수가 있는 걸까? 사람들은 모두 그런 친구를 좋아하곤 했다. 하긴 누구라도 자신에게 계산 없는 다정과 호의를 베푼다면 마음을 열게 될 테지. 그런 친화력 역시 놀랍기만 했다. 나는 사립문 하나 빼꼼 열어 놓는 것도 망설여지는데 그렇게 문이란 문은 다 열어 두고도 불안하지 않다니.

30대 중반에 갑자기 친구에 대해 고민하는 건 이 나이에도 여전히 친구란 고민되는 관계이기 때문이다. 일 때문에 새로운 사람을 만날 일이야 꾸준히 있지만, 누군가와 친해진다는 건 더 부담스러운 일이 되었다. 오랜 친구 몇이 있으니까 그냥 여기서 "예정된 인원 다 마감되었습니다" 하고 마음의 문을 닫고 살아도 될 거 같기도 하고. 새삼 누군가를 만나 나를 설명하고 보여 주는 일도 어렵다. 어쩌다 새로운

사람들을 만날 기회가 생기더라도, 망설임 끝에 그냥 집에 가서 침대에 눕는 편을 선택하게 된다. 만난 지 두어 번 만에 속으로 '이 사람하고 친구가 되긴 힘들 것 같다' 속단하기도 한다. 그런데 정말 그럴까? 나의 오만은 아닐까?

이런 복잡한 의문을 갖게 된 건 얼마 전 함께 떠난 여행에서 조카가 노는 것을 지켜보면서였다. 너른 잔디 마당이 있는 카페에서 조카는 금세 달려가 친구를 만들었다. 마당의 다른 한쪽에서 장난감을 가지고 노는 아이에게 다가가 말을 걸었고, 같이 노는 것만으로 아이들은 금세 그 시간, 그 장소의 친구가 되었다. 새삼 그 광경이 놀라웠다. 아이들은 정말 쉽게 마음을 여는구나. 혼자보다는 둘이, 둘보다는 셋이 노는 게 재밌다고 생각하니까 성큼 다가서고, 아무렇지 않게 말을 걸고, 같이 시간을 보낸다.

우리는 언제부터 '친구가 될 수도 있을 것 같은' 사람에게 말을 걸지 않게 되었을까? 관계란 것을 반가워하기 전에 두려워하게 되었을까? 요즘은 어쩌면 내가 마음을 열지 않아서 친해질 기회를 놓치며 사는 게 아닐까 하는 생각이 든다. 마음이 있으면서도 표현하지 못해서, 대화를 더 나누고 싶다고, 맥주를 마시러 가자고, 함께 가면 좋을 만한 곳을 찾아냈다고 말하지 못해서.

그건 다 두려움 때문일 것이다. 어쩌면 이제 피곤한 일은 그만하고 싶기 때문일지도. 포기는 쉽다. 가까워지길 포기하면 상처받지 않아도 되고, 감정 소모를 하지 않아도 되고, 애쓰지 않아도 되니까. 사람과 사람 사이에는 자연스레 마음의 작용이 생기고, 어떤 관계를 유지하기 위해서는 에너지가 드는 게 당연한데 나는 그 에너지를 쓰다 소진되는 게 두려워 아무것도 하지 않기를 택하는지도 모르겠다. 매번 "그렇게까지 친해지고 싶은 건 아니야" 하는 말 뒤에 숨으면서.

요즘은 조금 더 용기를 내고 싶어졌다. 한 발짝만 더 가까이 다가섰을 때 달라질 수 있는 관계들이 있을 테니까. 물론 그중 어떤 관계는 내 마음 같지 않게 일찍 끝나거나 애초 시작되지 않을 수도 있겠지만. 나이가 든다고 해서 친구를 만나는 일이 끝난 거라 생각하지 않는다면, 가까워지고 싶은 사람에게 먼저 마음을 열고 다가선다면, 몇 살까지든 좋은 친구를 만날 수 있을 것이다.

얼마 전 더 친하게 지내고 싶어진 사람에게 집으로 초대하고 싶다는 메시지를 보냈다. 어질러진 방을, 취향 없는 책장을, 맥주 몇 잔에 취해 재미없는 소리를 늘어놓는 나를 보아도 실망하지 않았으면, 하면서. 아니, 실망하게 되더라도 그것 때문에 멀어지는 사이가 아니길 바라면서. 나로선 아주 큰 용기를 낸 일이었다.

그 친구에게 나는 결국 재미없는 사람이 될 수도 있을 것이다. 지금껏 늘 걱정해 왔던 대로, 부담스럽지만 초대를 거절하지 못해서 오겠다고 한 것일 수도 있다. 하지만 그래도 괜찮다. 그러면 또 어떤가. 누군가와 가까워지고 싶다면 조금 더 용기를 내도 되고, 노력해도 된다. 마음을 주는 건 결코 후회할 일이 아니니까. 진작 알았더라면 좋았을 것들을 이제야 알아간다. 울타리 사립문 여는 법 정도는 익혔으니, 노력하면 조금씩 더 마음의 문을 열어 갈 수 있겠지. 그리하여 나는 언제든 이런 문장을 쓸 수 있는 사람이 되고 싶다.

서른 이후에도 좋은 친구들이 생기고 있다.
마흔이 지나도 좋은 친구들이 생기고 있다.

아무리 나이가 들어도 여전히 내 곁에는 좋은 친구가 생기고 있다고 말할 수 있는 사람이.

우리는 모든 나이를 한 번씩밖에 살 수 없다.

스무 살이 한 번뿐이고, 서른 살이 한 번뿐이고,

마흔 살이 한 번뿐인 것처럼.

좋을 때다, 라는 말의
진짜 의미는

"전 요즘 이런 게 정말 고민이에요."

대학생 기자들과 2주에 한 번씩 하는 기획회의를 막 끝내고, 다들 어떻게 지냈는지 편하게 근황 토크를 하려던 참이었다. 2학년 1학기를 보내고 있는 스물한 살의 D가 먼저 입을 열었다. 뭐가 '정말' 고민일까? 우린 잠자코 그녀의 다음 말을 기다렸다.

"그러니까… 휴학은 2학년 마치고 하는 게 나은지, 3학년 마치고 하는 게 나은지. 군대 가는 남자 친구는 다들 기다리는지 아닌지. 외국은 또 어떻게 가는 거예요? 혼자 교환 학생이나 배낭여행 가는 거 보면 신기해요. 자취하며 혼자 사는 것도 대단해 보이고."

3학년인 H도, 졸업반인 S도, 그 시간에선 한참 멀어진 서른 언저리의 에디터들도, 그 고민들에 조용히 웃었다. 그건 우리 모두가 지나온 고민이었다. 말 그대로 어쩌어찌 '지나온' 고민. 누군가의 고민을 귀엽다 여기는 건 실례지만, 그저 하기 전까진 어떤 결과를 가져올지 알 수 없는 많은 선택 중의 하나임을 알아서 그랬을 것이다. 물론 이런 말은 내가 D를 잘 알지도 못하면서 하는 말일 것이다. 당연하다. 나는 그녀를 보며 7 시절의 나를 이해할 뿐이다. 내가 스물한 살이었을 때. 아무것도 할 줄 아는 게 없어 주눅이 드는데, 외국 어디에 다녀왔다거나 취업했다는 선배들을 보면 마냥 능력 있어 보이고 나도 저렇게 될 수 있을까 싶던 그때.

지금 생각해 보면 마냥 대단해 보이던 그 선배들은 그냥 자신의 선택을 살아 냈던, 나보다 두세 살 많은 사람들일 뿐이었다. 초등학생 때 한참 어른으로 보였던 교생 선생님들이 내가 대학생이 되고 보니 그저 또래의 실습생에 불과했던 것처럼. 사람은 어느 나이에 이르면 뭔가 있어 보이던 그 나이가 별거 아닌 걸 알게 되고, 한편으로는 돌아보는 지난 모든 시절이 아쉬워 보이는 것 같다. 안 살아 봐서 모르는 나이 그리고 살아 봐서 알게 된 나이. 삶은 두 개의 시간으

로만 이루어진 것인지도. 그래서 D의 질문은 마치 이렇게
들렸다.

"스물다섯은, 또 스물여덟은 어떻게 되는 건가요?"

그냥 시간이 지나면 된다. 누군가는 아주 성실하게 계획
대로 스물여덟까지의 시간을 일구어 나갈지 모르겠으나, 대
부분의 우리는 그냥 스물여덟이 된다. 어떤 선택을 다행스
러워하거나 후회하며, 무언가를 잘하거나 또 기대보다 못
해내며. 이건 좋으니까 더 해 봐야지, 이런 건 다시 하지 말
아야지, 오직 겪어 본 것으로만 오, 엑스를 쳐 가며. 연속된
작은 선택들로 이루어진, 특별히 망하거나 특별히 잘되지도
않은 삶을 살게 된다. 아무리 생각해 봐도 지금껏 뭔가를 잘
알고서 시작했던 적은 없는 것 같다. 막상 맞닥뜨려서야 배
워 갔는데, 그 배운 것도 겨우 '해 보니 그렇게까지 미리 쫄
(?) 일만은 아니었다'는 사실 정도다.

그러니 나보다 어린 나이의 누군가를 보며 '좋을 때'라고
생각할 때, 정확히 말하자면 우리는 그 사람의 지금이 아니
라, 그 나이 때의 자신을 보고 있을 것이다. 저 좋은 나이에
좋은 줄 몰랐던 나. 별거 아닌 일에 상처받던 나. 뭔가를 이

뭐야 한다는 강박에 시달리며, 다른 사람과 자신을 끊임없이 비교하느라 에너지를 소모하던 나. 모든 후회는 원래 늦게 오기 마련이지만, 20대를 돌아보면 특히 그렇다. 그러지 않았어도 될 일만 보인다.

너무 초조해하지 않아도 됐는데. 주눅 들어 있을 필요 없었는데. 실수를 그렇게 오래 곱씹지 않아도 좋았을 텐데. 살면서 사는 법을 배워 가는 게 인생이라면, 그 시절의 내겐 뾰족한 수가 없었기 때문이다. 스무 살이 이런 거란 걸, 스물다섯이 이런 거란 걸 그 나이가 되어서야 알게 되는데 어쩌겠는가. 어쩔 수 없는 일을 고민하는 것보다야, 뭐가 어떻게 될지 모르니 '일단 지금 즐겁게 보내기'나 하는 게 나을 뻔했다.

얼마 전 TV에서 캠핑카로 전국을 여행하고 있는 중년 부부를 본 적 있다. 지금은 제주도를 여행하는 중인데, 그곳에서 은퇴 후 캠핑카 여행을 하는 70대 노부부를 만났단다. 두 부부는 가끔 서로에게 먹을거리 같은 것을 가져다주며 캠핑카 여행에 대한 정보라든가 사는 이야기 같은 것을 나누는 말동무가 되어 있었다. 할머니가 아주머니를 보며 말했다.

이렇게 젊을 때 여행하니까 얼마나 좋으냐고. 일흔 넘어 여행을 시작하니 조금만 다녀도 힘이 든다고. 그 나이 땐 일밖에 몰랐는데, 이렇게 살 수도 있다는 생각을 왜 진작 못 했을까 싶다고.

일흔의 할머니가 쉰의 아주머니에게 말한다.
좋을 때라고.

그걸 보니 아흔이 넘은 우리 외할머니에겐 지금의 내가 얼마나 좋을 때로 보일까, 엄마 눈에는 또…. 아니, 하물며 내년의 내가 보면 올해의 나는 얼마나 좋을 때를 보내는 걸로 보일까 싶어졌다.

그러니 이 모든 건 그저 우리 눈에 언제부턴가 다시 오지 않을 시간이 보이기 시작하는 것이리라. 지금 이 순간도 조금만 지나 돌아보면 "좋은 때"가 되겠지. 돌이킬 수 없다는 사실만으로 어떤 순간들은 그렇게 된다. 우리는 모든 나이를 한 번씩밖에 살 수 없으므로. 스무 살이 한 번뿐이고, 서른 살이 한 번뿐이고, 마흔 살이 한 번뿐인 것처럼.

요즘은 오늘, 이번 주, 올해, 그런 것만 생각하려고 한다.

후회나 걱정 같은 것, 혹은 오늘 치의 스트레스가 밀려오려 하면 정신을 바짝 차리고 나를 챙겨 서둘러 뭍으로 올라선다. '휴, 하마터면 놓칠 뻔했네' 깨닫고 다시 씩씩하게 내일로.

물론 쉽진 않다. 쉽지 않으므로 자꾸 생각한다. 내년의 내가 한 살 어린 올해의 나를 보며 '아, 그때 참 좋을 때였는데' '그렇게까지 아등바등할 필요 없었는데' '더 쉽게 행복해질 수 있는 순간들이 많았는데' 하며 후회하지 않도록. 적어도 서른의 내가 스물의 나를 바라볼 때보다 마흔의 내가 지금의 나를 바라볼 때 더 괜찮아진 나를 발견하게 되는, 그런 시간을 살아 내고 싶다.

좋아하는 사람하고 보내는 시간만 귀하게 써야

하는 게 아니라, 나하고 있는 시간도 귀하게 써야

한다는 걸 배웠다.

잘 외로워지는
연습

　　회사에서 기다리고 기다리던 근속 휴가를 받았다.
3년을 근속하면 주어지는 한 달의 휴가. 언젠가 이 회사에
4년 차들의 줄 퇴사가 있었던 게 분명하다. 그게 아니고서야
무려 한 달이라니……. 어쨌든 그 휴가를 바라보고 지난 3년
을 다녔다고 해도 과언이 아니다(대표님 눈 감아2). 직장인에
게 이 정도의 방학이란 흔치 않으니까.

　한 달의 휴가를 치앙마이에서 보냈다. 정확히는 치앙마
이에서 열흘을, 작은 시골마을인 빠이에서 열흘을. 혼자 떠
난 여행에서 모처럼 충분히 혼자 있는 시간을 보냈다. 티크
나무로 지은 작은 집에서 혼자 잠들고 혼자 일어났고, 아침
이면 테라스로 나가 숙소의 고양이들과 함께 안개 낀 마을
을 내려다보았다. 이부자리를 정리하고 배가 좀 출출할 무

렴이면 쪼리를 신고 쭐레쭐레 나가서 동네 레스토랑에서 50바트의 행복으로 맛볼 수 있는 현지식을 먹었다. 늦게 일어나 아점을 먹고 나도, 하루해는 아직 길게 남아 있었다. 그럼 책 한 권과 카메라를 챙겨 상점들이 모여 있는 메인 스트리트로 걸어 나갔다. 그곳에서 커피를 마시거나 사람들을 구경하고 또 배가 고파지면 그날그날 당기는 식당에서 저녁 식사에 맥주 한잔을 곁들인 뒤 다시 숙소로 돌아오던 날들.

태국의 시골 마을에서는 해가 지고 나면 딱히 할 게 없었다. 놀 거리나 즐길 거리를 찾아 소란스런 바Bar나 펍Pub을 방문하지 않는 이상, 숙소에서 밤이 점점 깊어지고 더러 동네의 개들이 짖고 그러는 동안 창문 너머로 달이 선명히 떠오르는 것을 지켜보는 게 전부였다.

한 달 남짓 혼자서만 지내기는 정말이지 오랜만이었다. 그곳에서 나는 아침저녁으로 느낄 수 있었다. 지금 나는 그 누구도 아닌, 나라는 사람과 함께 여행 중이라는 것을. 그건 외롭고 적막한 일이었지만 한편으로는 마음속에 무언가가 조용히 차오르는 것을 느끼는 일이기도 했다. 창 너머 달처럼, 내 안의 비어 있던 어떤 부분이 차오르는 것을.

어렸을 땐 시골집에 종종 혼자 남겨지곤 했다. 어른들은 농사일로 늘 바빴고, 두 살 터울의 오빠는 먼저 학교에 들어갔기 때문에 집에 남은 나는 혼자서 놀 궁리를 해야 했다. 시골집은 사방이 열려 있었는데도, 어린 마음에 어쩐지 혼자 있는 게 무서워 방에 들어가 있진 못하고 거의 마당에서 시간을 보냈다. 날 선 돌멩이로 땅바닥에 그림을 그리거나, 혼잣말로 시작하고 혼잣말로 끝내는 소꿉놀이를 하거나, 오빠가 어젯밤 잡아 온 사슴벌레에게 설탕물을 주거나 하면서. 그러다 보면 서서히 해가 졌다. 시골집은 마루와 안방과 부엌이 중첩되어 있는 구조였는데, 해가 기울수록 깊어지는 그 어둠이 무서워서 나는 늘 마루 끄트머리에 걸치듯 앉아 있곤 했다. 식구 중 누구라도 어서 집으로 돌아와 주길 바라면서. 간혹 무서움을 참고 뒤돌아보면 부엌의 시커먼 어둠이 나를 마주 바라보고 있었다. 내 마음에 어떤 구멍이 생겼다면 그때 생긴 거라고 생각하던 시절도 있었다.

하지만 시간이 많이 흐른 지금은 이렇게 생각한다. 빈집에 앉아 보낸 그 시간이 나의 어느 부분을 키웠으리라고. 개미들이 줄을 지어 조그만 과자 부스러기를 나르는 모습을, 매미가 벗어 놓은 허물이 햇살에 빛나는 것을, 붓꽃의 꽃잎

이 어떻게 생겼는지를 잠자코 들여다보던 시간이 있었던 덕분에 나는 무언가를 '그냥' 보는 사람이 아니라 '골똘히' 보는 사람이 되었을지도 모른다고. 외로움이 우리를 자라게 하는 시간이 분명 있다고 믿기 때문이다.

스물셋에는 혼자 멀고 긴 여행을 떠났다. 지금은 그 시절을 떠올리기만 해도 막막하다. 어떻게 그렇게 다녔을까 싶어서다. 10년 전의 나는 지금의 내게 그냥 다른 사람 같아서, 어떻게 그 많은 숙소에 짐을 풀고 또 싸기를 반복했는지 모르겠다. 매일 같이 그 동네의 가장 저렴한 식당에서 끼니를 때우고, 낡은 유스호스텔에서 밤새 베드 벅에 물려 온몸이 붓고, 그러면서도 다음 마을로, 다음 도시로, 다음 나라로 정처 없이 발길을 옮겨 갔던 시절. 이제 와 종종 그 여행을 떠올리면, 잊지 못할 것 같던 아름다운 풍경이나 내게 좋은 시간을 선물해 주었던 다정한 사람들보다도 이상하게 외로웠던 기분이 먼저 생각난다. 떠나고 도착하기를 반복할 때마다 조금씩 더 외로워졌던 것 같다.

열 살 무렵이었을까. 학교에서 처음으로 단체 야영이란

걸 가서 산자락 어딘가에 텐트를 치고 잤던 적이 있다. 그때까진 떠나 봐야 소풍이 전부였으니, 집 떠나와 아이들끼리 밥 먹고 씻고 잠들기는 처음이었다. 밤이슬이 내려 점점 눅눅해지던 텐트에서 까무룩 잠이 들었다가 새벽녘 혼자 눈을 떴는데, 그 순간 알 수 없는 울렁거림이 갈비뼈 안쪽에서 시작됐던 것을 기억한다. 삼키든 뱉어 내든 해서 서둘러 지워 버리고픈 울렁거림이었다. 내가, 나란 사람이 온전히 '혼자' 구나 하는 느낌과 함께 어딘지 모르게 너무 멀리 와 버린 듯한 기분이 들었다. 그 뒤로 사라지지 않고 마음 깊숙한 곳에 가라앉아 있던 울렁거림이, 혼자 떠난 여행에선 시시때때로 올라왔다.

낯선 도시의 터미널에 새벽 세 시경 떨어져서 어디로 가야 할지 모를 때, 불 꺼진 상점들 앞에 쭈그리고 앉아 동이 트기만을 기다려야 했을 때, 정든 마을, 정든 사람들을 등지고 깊은 밤 다시 어딘가로 떠날 때, 공항으로 향하는 낡은 버스 안에서 멀리 반짝이는 인가의 불빛들을 바라볼 때… 울렁거림은 불청객처럼 찾아왔다. 모두가 잠들어 있는 시간에 낯선 마을에 도착하는 일이, 모두가 집으로 돌아가는 시간에 어딘가로 떠나는 것이 그토록 외로운 일이라는 걸 그

때 처음 알았다.

그러니 치앙마이에 머무는 동안, 오래전 혼자였던 순간들이 떠올랐던 것은 우연이 아닐 것이다. 나는 그때 충분히 혼자였다. 충분히 외로웠고, 충분히 자유로웠다. 그래서 그 시간은 결국 의미가 있었던 것 아닐까. 충분히 외로웠기 때문에 가끔 함께하는 시간들, 사람들이 고마웠다. 좋아하는 사람하고 보내는 시간만 귀하게 써야 하는 게 아니라, 나하고 있는 시간도 귀하게 써야 한다는 걸 배웠다. 외로웠지만 한편으로는 외로웠으므로 '나의 이 외로움을 소중히 여겨야지' 생각했다. 사람은 그렇게 혼자와 함께 사이를 건강하게 가로지를 수 있어야 한다는 걸 배웠다.

너무 많은 것들로 연결된 세상에 살면서 나와 있을 시간을 점점 잃어 간다. 너무 많이 말하고 너무 많이 만나고 너무 많이 보거나 듣는다고 생각할 때도 많다. 왜 조금이라도 쉴 틈이 생기면 나는 나와 있지 못하고 다른 무언가를 찾는 걸까. 인스타그램을 열어 의미 없이 피드를 훑거나 웃고 나면 바로 휘발되어 버리는 이야기들을 쫓아다닐까. 어떤 유튜버가 인기인지, 트위터에서 무슨 이야기들을 하는지, 넷플릭스에 새로 나온 작품이 무엇인지, 그런 것들을 쫓는 동안 나에 대해서는 자꾸 잊게 된다는 생각을 할 때도 있다.

그래서인지 가끔씩 깊은 밤, 혼자 책상 앞에 앉아 있을 때면 생각한다. 나하고 있는 시간을 잘 보내는 사람이 되고 싶다고. 혼자 있을 때 깃드는 고요를 소중히 여기고 싶다. 너무 많이 만나지 않고, 너무 많이 말하지 않고, 만나고 싶은 사람들을 만나 해야 할 말들만 한 뒤 다시 혼자로 잘 돌아오는 사람이고 싶다. 우리는 혼자 있는 법 역시, 평생을 살아가며 배워야 하는 존재들이니까.

그건 분명 반가운 일이다.

슬퍼할 수 있는 일이 많아져서.

우리가 좀 더 사람다워져서.

4월을 보내는
일기

4월의 나무들은 나에게 자꾸 시간을 상기시켰다.

올해 4월엔 두 번, 짧은 여행을 다녀올 일이 있었다. 기차를 타고 강릉으로 한 번, 버스를 타고 충북 음성으로 한 번. 여행지에 도착해서 보았던 풍경보다 그곳으로 가는 동안 보았던 풍경이 마음에 더 오래 맺혀 있다. 나는 창가에 붙어 앉아, 그러니까 코가 유리창에 닿을 정도로 붙어 앉아, 하염없이 4월의 산들을 바라보았다.

4월의 산에 같은 색깔의 나무는 한 그루도 없는 듯 보였다. 새 잎이 돋은 나무의 아주 밝고 연한 연두색부터 겨울을 견딘 소나무의 검푸른 녹색까지 우리가 뭉뚱그려 '초록'이라 부르는 색깔에 포함된 수많은 색들이 산에 흩뿌려져 있었다. 그 사이사이로 피어난 산벚꽃의 분홍과 이름을 다 알 수 없는 하얀 꽃, 노란 꽃들까지. 온갖 색깔을 점묘법으로 찍어 놓은 듯한 봄 산을 바라보는 것만으로도 한나절을 보낼 수 있을 것 같은 심정이었는데, 기차와 버스는 그 풍경을 뒤로하고 자꾸 달렸으므로 나는 멀어지고 또 새로 나타나는 산들을 바라만 볼 뿐이었다. 하염없이 시선을 빼앗긴 채로.

봄 나무의 아름다움을 알아채게 된 건 서른 즈음부터였는데, 그렇다면 나는 세상을 더 촘촘히 보게 된 것이 분명했다. 어려서는 "나무가 나무지 뭐" 하며 지나다녔으니까. 계절이 바뀔 때의 아름다움을 눈치챈다는 건 드문 일이었다. 벚꽃이 일제히 피어날 때나 함박눈이 펑펑 내리는 커다란 이벤트가 있을 때에만 "아 벚꽃이구나" "아 함박눈이구나" 하며 한 번씩 감탄했을 뿐이다.

어쩌면 나이를 먹는다는 건 그런 일인지도 몰랐다. "나무가 나무지 뭐" 같은 말을 더는 하지 않게 되는 일. 똑같은 나무는 한 그루도 없다는 사실을 알게 되는 일. 그런 눈으로 세상을 보게 되면 "바다가 바다지 뭐" "노을이 노을이지 뭐" "산이 산이지 뭐" 그런 말은 더는 하지 않게 된다. 할 수 없게 된다. 그렇지 않다는 것을 너무나 잘 알고 있으므로.

요즘은 풍경 위로 흐르는 시간이 보인다. 봄 나무가 환히 그늘을 드리운 산을 오래 바라보는 것도 그 산에 스치고 있는 시간이 보이기 때문이겠지. 비 몇 번에 금세 짙어질 초록, 내일이면 지고 말 꽃들. 그런 것을 알아보면서 나는 삶에서 꼭 해야 할 일과 굳이 하지 않아도 될 일을 점차 구분할 수 있게 되었다. 지금이란 건 금세 흘러가 버리고 말 테니까. 나이를 먹으면서 사람은 조금씩 더 섬세해지는 걸까? 그럴지도 모르겠다.

함께 사는 강은 요즘 부쩍 눈물이 늘었다. 연애하던 시절, 슬픈 영화를 보러 들어가서는 눈물 콧물을 흘리다 옆을 돌아보면 멀쩡한 얼굴로 스크린을 보고 있는 강이 있어 좀 배신감이 들고는 했었다. 어떻게 안 울 수가 있지! 이런 장면에서! 피도 눈물도 없는 놈!

하지만 이제 더는 그런 말을 할 수 없게 됐다. 요즘은 TV를 보다가 '뭐야, 슬프잖아…' 싶어 옆을 돌아보면 이미 벌게진 눈으로 울음 장전을 하고 있는 강이 보이기 때문이다. 그렇다고 우리가 우는 장면들이 대단히 슬픈 장면들도 아니다. 〈인간극장〉에 나온 할머니가 "안 늙고 나이 먹어야 하는데 자꾸 늙는다"고 하는 말이 슬프고, 〈지구촌 뉴스〉에 나온 조그만 개가 호수에 빠진 시늉을 하는 주인을 향해 온 힘을 다해 짖어서 슬프고, 〈유 퀴즈 온 더 블럭〉에 나온 철공소 아저씨가 퀴즈를 틀린 후 돈 앞에 너무 욕심 없는 소리를 해서 슬프다. 내가 슬픈 장면에서 그도 꼭 슬프다. 같은 지점에 슬픔을 느낀다는 건 사실 무척 중요한 일이다. 같은 것에 슬퍼하고 같은 것에 분노해야 함께 건널 수 있다, 지난한 삶을.

아무런 계기도 전조도 없이 강은 눈물이 부쩍 늘었다. 남성 호르몬이 줄어들어서라고 본인은 한탄하지만, 내가 보기에 그건 화면 속의 슬픔이 무슨 슬픔인지 알아보는 사람이 된 것이다. 어떤 슬픔은 어떤 건지 알겠어서 슬프고, 어떤 슬픔엔 내 부모가 겹쳐서 슬프고, 어떤 슬픔은 겪어 보지 않은 내가 그 마음 안다고 도저히 말할 수가 없어 슬프다. 그리하여 우리는 내 슬픔만이 아닌 다른 누군가의 슬픔을 슬퍼할 줄 아는 사람이 된다.

누가 우는 모습을 보면 반사적으로 슬퍼지는, 사람의 마음은 원래 그렇게 생겼다. 네가 눈물을 아는 놈이 되어 반갑다고 하면 강은 이상한 눈으로 나를 바라보려나. 하지만 그건 분명 반가운 일이다. 슬퍼할 수 있는 일이 많아져서. 우리가 좀 더 사람다워져서.

4월의 산을 하염없이 바라보게 된 것처럼, 한 살 두 살 나이 먹어 가며 우리는 무엇을 보게 되는 것일까.

"사람이 사람이지 뭐."

"슬픔이 슬픔이지 뭐."

그런 말을 안 하게 되는 것과 연관이 있을까.

같은 사람은, 같은 인생은 하나도 없다는 걸 알게 되는 것과 닮았을까.

아름다운 장면을 보는 것만으로 사람은 살아갈 힘을 얻는다고 한다. 그 장면은 때로 자연이었다가 때로는 사람이 되었다가 한다.

답답해하고, 안쓰러워하고, 걱정하고, 짜증을 내는

것밖에는 엄마를 사랑하는 방법을 몰랐다

엄마와
운전

　　엄마는 내게 늘 약한 사람이었다. "난 엄마처럼 살지 않을 거야"라고 말할 때의 엄마는 평생을 새벽 다섯 시에 일어나 밭으로 나가고 밤이 이슥해져서야 들어오는 강하고 억척스러운 사람이었지만 그 외의 모든 면에서 엄마는 내게 약한 존재였다.

　　TV에 조금만 슬픈 뉴스가 나와도 금세 눈물을 훔쳤고, 조금만 험한 뉴스가 나와도 그날 밤 바로 악몽에 시달리곤 했다. 엄마에게 비극은 그냥 남의 비극이 아니었고, 죽음은 그냥 남의 죽음이 아니었다. 악몽에 쫓긴 엄마는 허공에 손을 휘젓거나 잠꼬대를 하다 식은땀을 흘리며 깨어났다. 아빠는 그게 다 기가 약해서라고 혀를 찼다. 크고 작은 뉴스에 영향을 받다 보니 실제로 걱정도 많았다. 서울에서 무슨 일이 일어났다는 뉴스만 보면 내게 전화해 걱정을 늘어놓았다.

"밤늦게 다니지 마라." "사람 조심해라." "문 꼭 잠가라."

나는 대충 알았다고 대답하고선 쉽게 잊었다. 그런 면을 늘 답답해한 것도 사실이다. 동시에 나 역시 겁 많고 공포 영화를 전혀 보지 못하며 악몽을 자주 꾸는 사람이었는데, 내심 그것이 엄마의 약함을 그대로 물려받은 탓이라고 생각하곤 했다.

한편으로 엄마는 내게 늘 못 미더운 존재였다. 서울 오는 버스표를 끊으러 매번 왕복 30분이 걸리는 시내까지 나가는 것을 보고 고속버스 모바일 앱으로 표 끊는 법을 가르쳐 주려 했을 때, 그런 건 아빠만 알고 있으면 된다고 배우기를 피할 때. 처음이자 마지막으로 떠난 동남아 여행에서 변기 옆 조그만 비데 용기에 빨래를 하고 있는 걸 보았을 때. 나는 매번 화를 냈다. 엄마가 무언가를 모르거나 무언가에 서툴 때마다 알 수 없는 짜증이 났다.

언젠가 시골집에 함께 갔다 서울로 돌아오는 길, 강은 차 안에서 내게 이렇게 말한 적이 있다.

"너는 세상 사람 아무한테도 안 그러면서 엄마한테만 못된 말을 하더라."

그 말에 가슴이 철렁했다. 회사에서든 친구들 사이에서든 나는 허허실실 웃는 사람, 거절을 잘 하지 못하는 사람, 좀처럼 화를 내지 않는 사람이었지만 엄마에게만은 다른 자아로 굴고 있었다. 알면서도 외면하던 것을 가까운 사람이 얘기해 주니 그건 너무 객관적이고 명백한 잘못 같았다. 그렇다고 철렁했던 마음이 무언가를 바꾸진 못해서 내내 그렇게 살았다. 답답해하고, 안쓰러워하고, 나무라고, 걱정하고, 짜증을 내는 것밖에는 엄마를 사랑하는 방법을 몰랐다.

아빠가 예기치 않은 일로 운전을 할 수 없게 되었을 때, 우리 집의 유일한 운송 수단인 트럭은 발이 묶였다. 그리고 엄마에겐 거대한 불가능의 벽이 생겼다. 매일 아무렇지 않게 가능하던 일들이 갑자기 할 수 없는 일들이 되어 버렸다. 엄마에겐 아빠 없이도 해야 하는 일이 많았다. 매일 아침, 밤새 무성한 기세로 자라 있는 오이들을 상품 가치가 떨어지기 전에 서둘러 따서 공판장에 납품하러 가야 했고, 크고 작은 농기구들을 비롯해 농사에 필요한 것들을 실어 날라야 했으며, 할머니를 모시고 한의원에도 가야 했고, 목욕탕에도 가야 했고, 장을 보러 시장에도 가야 했다. 이전에는 아빠 옆

자리에 타는 것만으로 해결됐던 모든 일들이 불가능한 일이 되었다. 그것도 시골마을 외딴집에서. 건너편 마을에 사는 이웃에게 매번 도와달라고 할 수도 없는 일이었다.

엄마는 운전면허를 따기로 결심했다. 엄마 나이 쉰다섯의 일이었다. 엄마가 운전면허 자격증 공부를 하고 있다고 했을 때 오빠와 나는 놀랐다. 놀라기만 했으면 다행이었을 테지만 "엄마가 그걸 하게?" 같은 말이나 했을 것이다. 평생 농사만 짓고 살아온 엄마가 갑자기 운전을 배울 수 있을까. 책이라곤 보지 않던 엄마가 문제집 기출 문제를 달달 외우고, 이제 와서 공간 감각을 익히기에는 너무 늦지 않았나. 운 좋게 면허증을 딴다고 해도, 그토록 겁 많고 마음 약한 엄마가 험하게 운전하는 시골 사람들을 상대로 제대로 운전을 할 수나 있을까. 괜히 마음 상할 일만 생기는 건 아닐까. 그런 것부터 염려되었다. 그냥 엄마가 이대로 아무것도 하지 않았으면 하고 바라기도 했다.

아빠 때문에 시작된 일이니 아빠라도 미안한 마음으로 응원했으면 좋았을 테지만, 적어도 내가 본 한에서는 아빠 역시 못 미더운 엄마에게 잔소리하기 바빴다. 가끔 통화를 할 때면, 엄마는 운전 연습을 할 때마다 아빠가 얼마나 자신을 서럽게 하는지 하소연을 늘어놓곤 했다. 안 봐도 눈에 선했다. 조수석에 앉아 그걸 그렇게 하면 되겠냐고 호통 치는 아빠의 모습과, 기죽은 채로 유일한 운전 선생님의 말을 듣는 엄마의 모습이. 필기시험 문제집이 어렵지 않냐고 물으면, 엄마는 너무 오랜만에 이런 문제들을 봐서 머리가 아프다고 했다. 그 모든 얘기를 종합해 들으면서 나는 마음속으로 결론을 짓고 있었다. 그냥 한 번 있는 엄마의 도전이라 여기기로. 엄마가 일단 해 본다니까 그걸로 된 거지 뭐, 하는 마음으로.

어느 날 출근해서 일을 하고 있는데 아침 일찍 엄마에게 전화가 걸려 왔다. 오늘이 필기시험 날이라고, 들어가기 전에 응원의 한마디를 해 달라고 했다. 회사 휴게실에서 나는 마치 수험생 자식을 둔 엄마의 마음으로 편히 풀고 나오라고, 잘 못 보면 또 보면 되는 거라는 말을 했다. 하지만 속으로는 별 기대를 하지 않았다. 시험 보고 나온 엄마에게서 전화가 없으면 망친 거겠거니 생각하면 되겠지, 여겼다.

엄마는 필기시험에 한 번에 붙었다. 기능 시험을 보던 날엔, 시험을 보기 전이 아닌 보고 난 뒤에 전화를 했다.

"엄마 기능 시험 붙었다!"

소녀 같이 상기되어 있던 목소리. 그 후로 도로주행까지 엄마는 단번에 통과했고 무사히 면허를 땄다. 엄마 나이 쉰여섯의 일이었다.

나는 정말 축하한다고, 너무 대단하다고 말했다. 그때만은 진심이었다. 이제껏 아무 기대를 않던 속마음이 팔딱팔딱 뛰는 게 느껴졌다. 마주 오는 차를 무서워하며 운전 연습을 시작한 엄마가 이렇게 한 번에 모든 것을 해낼 줄 몰랐기 때문이다. 합격한 뒤, 100점짜리 시험지를 든 아이처럼 신이 나서 집으로 돌아왔을 엄마에게 아빠는 무슨 말을 했을까. 축하한다고, 장하다고, 당신이 자랑스럽다고 해 주었을까. 아마 그때도 다정스러운 말 같은 건 하지 못했을 것이다. 자신 때문에 이런 수고를 하는 것이 겸연쩍을수록 말은 더 그렇게 나갔겠지. 아빠는 늘 자신보다 세상 물정을 모르는 엄마를 얼마간 나무라는 투로 말하곤 했으니까. 아빠를 나쁘게 말하는 거 같아 좀 그렇지만, 사실 그건 오빠와 나라고 다를 바 없었다. 우리 가족 중 누구도 엄마에게 "그러게, 난 엄마가 해낼 줄 알았어!"라고 말하지 않았다. 해낼 줄 전혀 몰랐는데 해냈다니 놀랍다는 심정으로 엄마의 운전면허 취득을 받아들였으니까.

엄마가 이런 일을 하다니.

그 마음속에는 늘 '엄마는' 이런 것을 할 수 없는 사람이라는 생각이 깔려 있었다. 엄마는 휴대폰을 전화용으로밖에 쓰지 못하는 사람, 엄마는 자기 의견 없이 정치 뉴스를 받아들이는 사람, 엄마는 혼자서 멀리 갈 수 없는 사람, 엄마는 새로운 기술을 받아들일 줄 모르는 사람, 엄마는, 엄마는…. '엄마는'으로 시작하는 모든 말은 늘 그렇게 한계의 벽에 부딪치곤 했다. 아빠와 오빠와 내가 더 다정한 가족이었다면, 우리가 엄마의 가능성을 더 믿어 주는 사람들이었다면 엄마는 진작 운전을 할 줄 아는 사람이 되었을까. 모르겠다.

네 바퀴를 얻게 된 엄마는 농로를 따라 천천히 달렸고, 그 길로 오이도 납품하러 가고, 목욕탕에도 가고, 시장에도 갔다. 고속도로를 쌩쌩 달려 경기도 광주에 사는 오빠네 집까지 손녀들을 보러, 쌀 포대와 단감과 사과와 감자 같은 것을 잔뜩 싣고 가기도 했다. 엄마는 여전히 고속도로 운전이 무섭다고, 마음 편하긴 동네 길들이 제일이라고 했지만 어쨌든 점점 멀리 가고 있었다. 자신도 갈 줄 몰랐던 길로.

그럴 때마다 나는 마음 한구석이 따끔따끔했다. 나는 왜 엄마가 이런 걸 할 수 없으리라고 생각했을까? 왜 엄마의 가능성을 내 멋대로 제한했을까? 내 상상 속에서 엄마는 어째서 더 멀리 나아가지도, 더 근사하게 살지도 못하는 사람이었을까? 그건 누구도 아닌 내가 엄마를 그런 정도의 사람으로 생각하고, 그저 염려하거나 나무랐기 때문인지도 몰랐다. 엄마처럼 살지 않겠다고 말할 때, 나는 왜 늘 '엄마'라는 말의 반대인 것처럼 그 끝에 내가 생각하는 멋진 여성, 진취적이고 독립적인 여성들을 두었던 걸까.

좁은 시골마을이 지겨웠던 내가 스무 살이 되어 서울로 떠나고, 더 멀리까지 가 보고 싶다며 1년간 여행을 하고 오겠다고 통보했을 때 실은 엄마가 당연히 말릴 줄 알았다. 다른 집 자식들처럼 좀 얌전히 살면 안 되냐고, 무슨 생각으로 여자애가 그 험한 데를 가려 하느냐고 엄마의 입에서 으레 나올 법한 잔소리를 예상했다. 그러나 엄마는 붙잡지도, 반대하지도 않았다. 잠자코 고개를 끄덕였다. 내 입에서 나오는 낯선 단어들이 나라 이름이라는 걸 모르면서도.

지금은 안다. 그토록 겁 많고 걱정 많은 엄마가 나를 어떻게 그 먼 곳으로 보낼 수 있었는지. 그건 엄마가 단 한 번도 내 가능성을 제한한 적이 없기 때문이다. 엄마에게 나는 늘 '할 수 있는' 사람이었다. 그게 무엇이든. 엄마는 내게 대부분의 것을 할 수 없는 사람이었음에도 불구하고.

내가 여행을 떠난 그 1년은 엄마와 내게 전혀 다른 기억일 것이다. 나는 생전 처음 보는 세상이 신기하고 또 너무 넓어서 자꾸 앞으로만 나갔다. 낯선 나라에서 나를 챙기는 데 여념이 없어서 사실 집 생각도 별로 못 했다. 더러 오지 마을에 들어갔다가 한참 뒤에 나와 인터넷이 되는 곳에서 블로그에 접속하면, "엄ㅁㅏ 걱정하니까 전화ㅎ라" 같은 아빠의 서툰 글이 안부 게시판에 남겨져 있었다. 그래도 나는 전화하는 걸 곧잘 까먹고 돌아다녔다. 나중에야, 그 여행이 끝나고 한참 지난 뒤에야, 아빠는 엄마가 그 1년간 하루도 편히 자지 못했다는 사실을 알려 주었다. "네가 블로그에 글을 올리지 않을 때면 몇 날 며칠 악몽을 꾸기도 했다"고.

그렇게 걱정이 되었으면서 엄마는 한 번도 내게 내색하지 않았다. 통화를 할 때면 건강하냐고만 물었다. 걱정으로 마음이 뒤채이면서도 절대 말하지 않았다. 위험한 건 그만

두고 돌아오라고. 왜 그런 걸 하느냐고. 엄마도 맘 편히 좀 자고 싶다고. 긴 여행에서 돌아왔을 때 엄마는 얼굴이 검게 탄 나를 안아 주며 말했다. 대견하다고. 내 속에서 나와 그렇게 멀리 갈 줄 아는 네가 신기하고 장하다고.

10년이 지난 지금, 너무 늦은 대답을 하고 싶다. 그때의 내가 그렇게 멀리 갈 수 있었던 건 사실 엄마를 닮아서라고. 마주 오는 차가 무서워도 운전대를 잡고, 두려워도 멀리 가 보려 하는 엄마 속에서 내가 나왔기 때문에 그때, 그만큼, 멀리까지 갈 수 있었던 거라고. 내가 물려받은 건 겁뿐만 아니라 그 겁을 이겨내는 용기이기도 하다고.

이제는 훌쩍 자라 서른여섯이 된 딸의 상상 속에서 예순하나인 엄마는 멀리 간다. 파란색이었다가 회색이었다가 흰색이었다가 했던 흙투성이 우리 집 트럭을 타고 고속도로를 지나 서울을 지나 러시아를 달려 유럽까지 간다. 내가 10여 년 전 여행에서 혼자 닿은 적 있는 포르투갈 호카 곶에 이르러 여기가 유라시아 대륙의 가장 서쪽 끝이라고 말한다. 엄마는 사실 트럭을 타고 거기까지 갈 수 있는 사람이다. 그걸 깨닫는 데 서른여섯 해가 걸렸다.

엄마가 살면서 무엇이든 더 도전해 보았으면 좋겠다. 처음 운전대를 잡던 그날의 용기로. 매번 두려움과 설렘을 주는 크고 작은 도전들을 계속계속 하며, 계속계속 그것을 넘어섰으면 좋겠다. 한 번도 해 보지 못한 일, 내가 할 수 있으리라고 생각조차 안 해 본 일, 내 인생과는 먼 일이라고 담쌓기만 했던 일, 그런 것들을 하나씩 해 보면서 엄마의 세상이 자꾸 넓어지면 좋겠다.

59년생 윤인숙 씨는 사실 무엇이든 할 수 있는 사람이다. 운전할 수 있는 사람이고, 더 멀리 갈 수 있는 사람이고, 지금보다 더 넓게 살며 더 행복해질 수 있는 사람이다.

좁은 삶에 갇혀 있기엔 너무 큰 사람이다.

그녀만 알고 가족들은 내내 몰랐던 사실.
어쩌면 그녀 자신조차 오래 잊고 있었던 사실.
그 말을 전하고 싶어서 이 글을 썼다.

등장 도서

○ 이숙명 지음, 《혼자서 완전하게》, 북라이프, 2017년 6월 16일

○ 이경미 지음, 《잘돼가? 무엇이든》, arte, 2018년 7월 19일

○ 이근화 지음, '나는 내 인생이 마음에 들어', 《우리들의 진화》, 문학과지성사, 2009년 6월 24일

○ 조해진 지음, 《단순한 진심》, 민음사, 2019년 7월 5일

○ 한수희 지음, 서평화 그림, 《무리하지 않는 선에서》, 휴머니스트, 2019년 4월 9일

○ 크리스티나 비외르크 지음, 김석희 옮김, 《모네의 정원에서》, 미래사, 2000년 12월 31일

○ 김혼비 지음, 《아무튼, 술》, 제철소, 2019년 5월 7일

○ 최고요 인터뷰, 〈VENUE〉 VOLUME.2 ALONE TOGETHER SHANGHAI

평일도 인생이니까

1판 1쇄 발행 2020년 4월 10일
1판 12쇄 발행 2024년 7월 31일

지은이 김신지

발행인 양원석
영업마케팅 양정길, 윤송, 김지현
펴낸 곳 ㈜알에이치코리아
주소 서울시 금천구 가산디지털2로 53, 20층 (가산동, 한라시그마밸리)
편집문의 02-6443-8826   도서문의 02-6443-8800
홈페이지 http://rhk.co.kr
등록 2004년 1월 15일 제2-3726호

© 김신지 2020, Printed in Seoul, Korea

ISBN 978-89-255-6904-8 (03810)